# VIAGEM AO ESPÍRITO SANTO E RIO DOCE

Diretor editorial
*Henrique Teles*

Produção editorial
*Eliana Nogueira*

Arte gráfica
*Ludmila Duarte*

Revisão
*Eduardo Satlher Ruella*

Tradução
*Milton Amado*

EDITORA GARNIER
Belo Horizonte
Rua São Geraldo, 67 - Floresta - Cep.: 30150-070 - Tel.: (31) 3212-4600
e-mail: vilaricaeditora@uol.com.br

AUGUSTE DE SAINT-HILAIRE

# VIAGEM AO ESPÍRITO SANTO E RIO DOCE

GARNIER
desde 1844

Dados Internacionais de Catalogação na Publicação (CIP) de acordo com ISBD

S234v Saint-Hilaire, Auguste de

Viagem ao Espírito Santo e Rio Doce/ Auguste de Saint-Hilaire - Belo Horizonte - MG : Garnier, 2020.
138 p. ; 16cm x 23cm.

Inclui índice.
ISBN: 978-65-86588-19-4

1. Relato de viagem. 2. Rio Doce. 3. Espírito Santo. 4. Brasil. 5. Literatura Francesa. I. Título.

2020-989 CDD 910.4
CDU 913

Elaborado por Vagner Rodolfo da Silva - CRB-8/9410

Índice para catálogo sistemático:

1. Relato de viagem 910.4
2. Relato de viagem 913

# SUMÁRIO

# PREFÁCIO

A Natureza brasileira despertou, desde a descoberta do País, muita curiosidade em quantos aqui aportaram. Refiro-me não só ao meio físico, à fauna e à flora, mas também à gente que aqui vivia.

Assim, o próprio Pero Vaz de Caminha, em sua "*Carta a El Rey Dom Manoel*", escrita de "Porto Seguro, da Ilha de Vera Cruz... sexta-feira, primeiro dia de maio de 1500", dá conta do que viu nesta Terra, em sua curta estada, após a descoberta, dedicando especial atenção aos indígenas e seus costumes.

Dentre os primeiros cronistas que se ocuparam de nosso País, Nóbrega, Anchieta, Hans Staden, Léry, Thevet, Gandavo, Gabriel Soares de Sousa, entre outros devem ser lembrados. Dignos de menção, ainda que posteriores, são Piso e Marcgrave. Com eles terminam os dois primeiros séculos.

Nos seguintes, Langsdorff, Sellow, o Príncipe de Wied Neuwied, Saint-Hilaire, Spix, Martius, Schott, Raddi, Pohl, Burchell, Gardner, Lund, Warming, Regnell, Malme, Lindman, Frits Müller, Glaziou, Schwacke, Ule, Taubert, von Ihering, Huber, Pilger, Dusén, Wettstein, Loefgren, Schenck, Usteri, Luetzelburg, Schlechter, Massart, Noack, Rawitscher, Schubart, Ducke, Silberschmidt, figuram entre tantos outros a serem mencionados. Todos contribuíram, em maior ou menor escala, para o conhecimento da Natureza brasileira. Alguns se radicaram entre nós e aqui morreram. Alguns retornaram aos seus países de origem mas deixaram os discípulos que aqui formaram.

Dentre os que mais contribuíram destacam-se, em nossa opinião, Martius e Saint-Hilaire. Ao primeiro devemos inúmeras obras, salientando-se, entre elas, a *Flora Brasiliensis*. O segundo publicou diversos relatórios de suas viagens pelo Brasil.

Veio Saint-Hilaire ao nosso País, por influência do Conde de Luxemburgo, em 1816, aqui permanecendo até 1822. Viajou, durante sua estada entre nós, pelos Estados do Rio de Janeiro, Espírito Santo, Minas Gerais, Goiás, São Paulo, Paraná, Santa Catarina e Rio Grande do Sul.

Em suas viagens colecionou, amplamente, material botânico e zoológico principalmente; e fez inúmeras observações de valor para a Geografia, a História e a Etnografia.

Uma de suas obras mais famosas é a *Flora Brasiliae Meridionalis*, em colaboração com Jussieu e Cambessedés, publicada de 1824 a 1833, em Paris.

Dos relatórios de suas viagens, muitos estão traduzidos para o português, alguns mais de uma vez. Quase todas essas publicações, porém, estão esgotadas há muitos anos. Mas o interesse pelas obras de Saint-Hilaire não se esgota e, por esse motivo, nesta série "*Viagens ao Brasil*", que a Editora Garnier inclui várias viagens de Saint-Hilaire.

O material colecionado pelo eminente cientista, no Brasil, abrange um herbário de 30.000 espécimes, de mais de 7.000 espécies, das quais cerca de dois terços foram avaliados como desconhecidas dos cientistas na época.

Quem estuda os trabalhos desse notável naturalista percebe o imenso cuidado na extraordinária obra que realizou.

Assim, não se pode admitir que tal trabalho e tal cuidado sejam depreciados por uma tradução menos cuidadosa.

Milton Amado era o homem indicado para a presente tradução. Com larga experiência neste mister, tendo a ele dedicado quase 40 anos, traduziu até agora mais de 50 obras. Figuram entre elas toda a obra poética de Edgard Allan Poe, com grande parte da obra em prosa do mesmo autor. A única tradução brasileira de *Don Quixote de La Mancha*, trabalhos de Dickens, *As Raças Humanas* de Carlton Coon, *A Neurose do Homem* de Trigant Burrow, *a Sociedade Aberta e Seus Inimigos* e *O Conhecimento Objetivo* de Popper, são algumas de suas traduções.

Milton Amado é mineiro de Governador Valadares. Tem larga experiência jornalística e já ocupou diversas funções públicas no Estado de Minas Gerais. Publicou, em jornais e revistas de várias partes do País, grande número de trabalhos, na qualidade de contista, poeta e ensaísta.

Assim, na tradução feita por Milton Amado, não tive que introduzir senão pequenas modificações, concernentes a questões científicas, especialmente as ligadas a problemas de nomenclatura.

Nessa excelente tradução transparece toda a grandeza do trabalho de Saint-Hilaire que ora vem a público em nova edição brasileira.

Ao rendermos homenagem ao insigne naturalista, ao felicitarmos o tradutor por seu trabalho digno de alto apreço, não podemos deixar de salientar o relevante serviço que prestam à coletividade os editores que, em boa hora decidiram fazer esta edição, que há de prestar muitos e valiosos serviços a todos os que se interessam pelo Brasil, sua Natureza, sua gente, sua Geografia e sua História.

M.G.F.

## Capítulo I

# QUADRO GERAL DA PROVÍNCIA DO ESPÍRITO SANTO

*História da Província do Espírito Santo. Sua decadência. Perfil dos Governadores Antônio Pires da Silva Pontes Leme, Manuel Vieira de Albuquerque Tovar e Francisco Alberto Rubin. Vantagens que desfruta a Província do Espírito Santo. Estragos das grandes formigas; algumas pessoas as comem com prazer. Limites da Província do Espírito Santo; sua população; seu nome; suas cidades. Administração da Justiça; das Finanças; das Rendas. Forças Militares. Administração eclesiástica. Caráter dos habitantes do Espírito Santo; incorreções que se introduziram na sua linguagem. Costumes. As mulheres do Espírito Santo.*

Os historiadores não estão em absoluto de acordo quanto ao nome das tribos selvagens que, no tempo do descobrimento, habitavam entre o Cabapuana e o Rio Doce, mas sabe-se que, na época em que o Rei D. João III repartiu o litoral do Brasil, doou (1534) a Província do Espírito Santo ao nobre português Vasco Fernandes Coutinho. Desembarcou este, na América, à testa de certo número de colonos, entre os quais se encontrava D. Jorge de Meneses, ex-governador das Molucas, condenado ao exílio por atrocidades horrendas.

Os portugueses conseguiram, inicialmente, muitas vitórias sobre os apavorados indígenas; fundaram, perto da Baía do Espírito Santo, a cidade que se chama Vila Velha; construíram um forte e plantaram cana-de-açúcar. [1]

---

[1] Vê-se, portanto, haver bem pouco tempo que se começara a cultivar no Brasil a cana-de-açúcar, quando foi ela introduzida na Província do Espírito Santo. Quem primeiro a plantou na América-portuguesa, por volta do ano de 1531, foi, como já se viu, Martim Afonso de Sousa,

Esta situação favorável não foi, porém, duradoura. Exasperados pelas crueldades dos portugueses, que, segundo a expressão de um dos seus historiadores, se revelaram mais bárbaros que os próprios bárbaros, os índios destruíram as plantações de seus inimigos, queimaram-lhes as casas e massacraram todos quantos lhes caíram nas mãos.

Para escapar a esses ataques, os brancos abandonaram a cidade que haviam fundado e se retiraram para o local onde hoje se acha a Capital da Província do Espírito Santo. Lá, ainda foram atacados pelos indígenas; mas, afinal, conseguiram, por sua vez, uma grande vitória e, crendo deverem tal sucesso à intervenção da Virgem Maria, consagraram-lhe a nova fundação, que denominaram Vila de Nossa Senhora da Vitória.

Nos combates dos portugueses contra os índios, sucumbiram, sucessivamente, D. Jorge de Meneses e um outro nobre, também exilado, Simão de Castelo Branco, que assumira o governo da Colônia, enquanto Coutinho, animado por seus primeiros êxitos, havia ido à procura de novos auxílios em Portugal.

Fernão de Sá, filho de Mem de Sá, Governador da Bahia, também morreu na guerra contra os índios da Capitania do Espírito Santo.

Finalmente, o Governador da Colônia, depois de haver esgotado, para defendê-la, seu patrimônio e as riquezas adquiridas nas Índias Orientais, viu-se reduzido a viver de esmolas e não deixou, sequer, um lençol que o amortalhasse.

A tranquilidade de que tanto necessitava a Colônia em formação e que os portugueses não haviam conseguido, espalhando o terror entre os indígenas, esta tranquilidade, digo, os jesuítas souberam conquistar pela persuasão. Não temiam reprovar aos portugueses sua tremenda tirania e levavam aos índios, ao mesmo tempo, palavras de amor, paz e liberdade

Graças a seus cuidados e, sobretudo, aos do heroico Anchieta, os indígenas se converteram ao Cristianismo e, reunidos em aldeamentos, conheceram os benefícios da civilização.

No 17º século, havia somente 500 homens de nossa raça na Província do Espírito Santo; mas nela se contavam quatro reduções de índios, formadas pelos Jesuítas, as de Reritiba, hoje Benevente, Guarapari,

---

fundador da Capitania de São Vicente. Esse ilustre capitão é chamado Martino Alffonso, na "*Agnostologia*" de Martius, porém, esses dois nomes não são absolutamente portugueses e, como se supõe, foram deturpados, por engano do revisor ou copista da excelente obra do sábio bávaro, a qual, parece, foi impressa em sua ausência.

São João, Reis Magos, e estes estabelecimentos figuraram entre aqueles que serviram de modelo à colonização dos Guaranis do Paraguai, tão comentada pelos mais famosos escritores.[2]

Parece que os habitantes da Província do Espírito Santo gozavam de profunda paz quando sua Capital foi atacada, em 1592, por um dos mais audaciosos aventureiros que já assolaram mares.

O célebre cavalheiro Thomas Cavendish, depois de haver sofrido em Santos um revés, procurou desembarcar na Vila da Vitória, onde esperava encontrar provisões em abundância, mas os portugueses e os índios, reunidos, o repeliram, e ele, acabrunhado, morreu no mar.

Nessa época, a Capitania do Espírito Santo não havia ainda saído da família do primeiro donatário; pertencia a Francisco Aguiar Coutinho.[3]

Por volta de 1690, um descendente deste último, Antônio Luís Gonçalves da Câmara Coutinho, vendeu-a por quarenta mil cruzados ao Coronel Francisco Gil Araújo. Foi também, sucessivamente, propriedade de dois donatários; mas, afinal, em 1717, o Rei D. João V adjudicou-a, pelo preço por que fora vendida a primeira vez, e incorporou-a ao domínio da coroa.[4]

Por muito tempo, esta capitania fez parte do governo da Bahia, sendo, então, administrada por capitães-mores. Por fim, em 1809, tornou-se província inteiramente independente e teve por governador Manuel Vieira de Albuquerque Tovar, ao qual sucedeu Francisco Alberto Rubim, que ainda estava em exercício na ocasião de minha viagem.[5]

Enquanto se operavam essas mudanças na administração da Capitania do Espírito Santo, a prosperidade de seus habitantes experimentava também grandes dificuldades.

Depois de ter, por defesa geral, um pequeno forte protegido por uma guarnição de 34 homens, a Capital da Província acabou por

---

2 Ver Montaquieu, "*Espr. lois*" I, IV, capítulo VI — Raynal, Hist. ind. part. IV, I. IV – Chateaubriand, "*Gen. Christ*", part. IV, I. IV, capítulo IV.

3 É a ele que Alphonse de Beauchamp, na sua história tão pouco conscienciosa, chama Anghian Coutinho (Hist. Bras. II, 170).

4 Pizarro diz (*Mem. Hist.*, VIII, 23) ter sido Antônio Luís Gonçalves da Câmara Coutinho quem vendeu à Coroa a Capitania do Espírito Santo; mas, o mesmo historiador, noutra parte (II, 7), apresenta documentos que provam que, depois de Antônio Luís Gonçalves, houve ainda vários donatários. Este último era governador da Bahia.

5 Southey — "*Hist. do Bras.*", I, 38, 286, 326, 362, 445. II, 665 – *Corog. Bras.* II, 56, 58, 67. — Piz. "*Mem. Hist.*" II, 2-30.

assumir importância, e, por volta da metade do século 18, era considerada uma das principais cidades da América portuguesa.[6]

Mais tarde, a expulsão dos Jesuítas assestou um golpe fatal na Capitania do Espírito Santo; e de todas as províncias da costa, foi ela a que menos produziu.[7] Grande parte da sua população era composta de indígenas; os Jesuítas os governavam com bondade; submetiam-nos a trabalho regrado, acudiam a todas as suas necessidades, transmitiam-lhes os conhecimentos que eram capazes de adquirir e tinham o cuidado, sobretudo, de afastar deles os brancos, que os teriam, em pouco tempo, corrompido e tiranizado.

Depois de extinta a Companhia de Jesus, que foi criada em 1535, os índios, raça fraca e descuidada, ficaram sem apoio.

Fizeram-se em Lisboa leis em seu favor; mas, como poderiam ser aplicadas a duas mil léguas do legislador, num país onde todos se julgavam com direito a erigir sua fortuna sobre as ruínas dos infelizes que uma inferioridade verdadeira fazia rejeitados com orgulhoso desdém?!

Tratados como escravos, condenados a árduos trabalhos, os índios foram destruídos ou se dispersaram.

No tempo dos Jesuítas, havia em Reritiba ou Benevente e em seus arredores doze mil indígenas; sob o primeiro pároco que sucedeu aos padres da Companhia de Jesus, os indígenas foram então reduzidos de 9.000 e, em 1820, toda a população da paróquia de Benevente não passava, segundo de Pizarro,[8] de 2.500 indivíduos.

Não era somente como chefes e protetores dos índios que os Jesuítas deviam exercer sobre a Capitania do Espírito Santo uma influência feliz. Interessava à Ordem enviar membros distintos a uma província onde a população lhe fosse, em grande parte, submissa, possuidora de grandes domínios.

Esses homens chegavam de seus países com conhecimentos que não podiam ter os descendentes incultos de bárbaros aventureiros e, mesmo que aos Jesuítas fosse proibido instruir os brancos, era impossível que, aqui, seus exemplos não fossem aproveitados.

Os padres da Companhia de Jesus abriram na Província do Espírito Santo o único canal que, quanto conheço existe na costa do Brasil Meridional.

---

6 Southey — "*Hist. Bras.*", II, 665.
7 Southey — "*Hist. Bras.*", III, 811.
8 PIZ. — "*Mem. Hist.*", V, 99.

Ergueram nesta província e no distrito limítrofe de Campos dos Goitacases obras importantes e sabem todos que suas fazendas, onde os negros eram tratados com brandura, constituíam modelo de ordem e boa administração.

Numa fazenda de Goiás, onde se conservou a tradição, vi os métodos seguidos pelos Jesuítas para dirigir seus domínios rurais e duvido de que haja no Brasil propriedades de melhor administração.

Após a extinção da Companhia de Jesus, não se encontrou quem fosse capaz, por preceitos, ou por exemplos, de difundir alguns ensinamentos entre os habitantes da Província do Espírito Santo, quase abandonada, e a terrível tirania dos governadores contribuiu ainda mais para a sua decadência.

Com exceção da Justiça, os governadores do Espírito Santo, como os de outras capitanias,[9] dirigiam todos os ramos da administração.

Eram obedecidos com rigor e pontualidade raramente verificados no cumprimento das ordens do próprio soberano, e, por pouco que os apoiasse algum favorito, era-lhes fácil derrubar a frágil barreira que as leis antepunham à sua autoridade.

Em princípios deste século, o matemático Antônio Pires da Silva Pontes Leme fora nomeado Capitão-mor da Província do Espírito Santo, por proteção de D. Rodrigo, Conde de Linhares. Era homem instruído, mas extravagante, que abusou de sua autoridade e causou dano à província.

Contam-se desse magistrado extravagâncias que seriam inacreditáveis se não as atestassem pessoas fidedignas. Tinha a mania de retirar os agricultores de suas terras para retê-los por meses inteiros na Vila da Vitória, a fim de exercitá-los em serviço militar; sentia bárbaro prazer em fazer montar a cavalo os infelizes aos quais doenças impediam tal exercício; ou então, se passeava com os oficiais da Guarda Nacional (milícia), forçava-os a comer o jantar repulsivo dos negros que encontrava no caminho.

Manuel Vieira de Albuquerque Tovar, que sucedeu a Pontes com o título de governador, administrou quase tão mal quanto ele. Comprazia-se, de igual modo com o aparato militar e roubava aos colonos um tempo precioso, passando-os sem cessar em revistas inúteis.

---

9 *Viagem pelas Províncias do Rio de Janeiro e Minas Gerais, 154 e seguintes* (Volume 4 desta coleção.)

Depois de Tovar, Francisco Alberto Rubim foi nomeado Governador da Província do Espírito Santo, que ainda administrava na época de minha viagem.

Passava, em geral, por homem íntegro; tinha talento e atividade. A nova Vila da Vitória foi fundada por sua iniciativa, fez abrir estradas entre o litoral e Minas Gerais, fundou a Igreja da Vila de Linhares, reedificou, na Vila da Vitória, parte do palácio do governo e ajudou a embelezar essa Vila; mas, se tal administração foi brilhante, deixou de ser de acordo com as leis do Estado e princípios de uma economia sábia. Ver-se-á com que rigor tratava os índios e esses infelizes não eram as únicas vítimas de despotismo.

A tudo opunha estorvos, aparecia em qualquer parte e suas medidas, indicando a espantosa extensão de seu poder, comprovavam ainda sua ignorância em administração. Como os seus antecessores, Rubim, para exercitar colonos em serviços militares, fazia com que continuamente viessem de várias léguas à cidade, e os forçava a deixar sem vigilância suas moradias e seus escravos. Em seu governo, proibiu vender algodão com semente e arroz com casca.

Por fim, o que parece quase incrível, a farinha de mandioca, colhida em arrabalde da Vila da Vitória, foi taxada em 2 cruzados por alqueire, enquanto a de outros distritos da capitania ou de províncias vizinhas podia ser vendida a preços especulativos.

Desse Regulamento resultou que os agricultores dos lugares circunvizinhos da capital da província não plantavam mandioca além da necessária ao próprio sustento; quase toda a farinha consumida pelos empregados e trabalhadores vinha dc fora e vendia-se a 4 ou 5 patacas por alqueire; e o dinheiro dos moradores da Vila da Vitória ia enriquecer os de São Mateus,[10] cidade que se acha além do Rio Doce, ao entrar-se na Província de Porto Seguro, cujos arredores produzem muita mandioca.

Quando, entretanto, a Província do Espírito Santo for administrada sabiamente e seus habitantes tiverem mais instrução, é possível que ela alcance alto grau de prosperidade.

---

[10] Escrevo este nome como é pronunciado no país e do mesmo modo que Dazel e Pizarro. Encontra-se, na verdade, San Mateo na tradução francesa da obra do Príncipe de Neuwied, mas o próprio sábio restabeleceu, recentemente, a ortografia verdadeira.

Ainda que todas as terras desta província não sejam totalmente férteis[11] ela é, porém, de terras cuja fecundidade não pode ser colocada em dúvida, pois produzem açúcar, mandioca, algodão, arroz, café, milho e legumes diversos.

Em 1820 contavam-se, em toda a província, 60 engenhos de açúcar e 66 destilarias[12] e, no primeiro trimestre de 1818, só a Vila da Vitória exportou 4 mil alqueires de arroz sem palha. Madeiras excelentes para construção e marcenaria puderam ser tiradas de matas imensas, que cobrem grande parte da província. Os rios que a banham e pequenos portos permitem-lhe útil cabotagem e a Baía da Vila da Vitória, capaz de receber até fragatas, permitirá que os negociantes da região se entreguem a grandes operações, quando tiverem conhecimentos mais amplos e ideias menos estreitas.[13]

Por fim, quando o Rio Doce vier a ser navegável, os habitantes do Espírito Santo poderão, em troca de seu sal, receber, a preço reduzido, os metais de Minas Gerais, A ignorância e a apatia, que se têm oposto ao progresso do comércio da Província do Espírito Santo, desaparecerão, sem dúvida, com o tempo, mas os agricultores desta região lutarão contra um flagelo para o qual, insistentemente, até hoje procuram remédio eficaz. Falo das grandes formigas (*Atta cephalotes* Fab. ou, pode ser, alguma espécie próxima). Esses insetos não atacam nunca, ou pouco atacam, o milho, a cana-de-açúcar[14] e o feijão; mas, são muito ávidos do algodão e, mais ainda, da mandioca.

Basta-lhes só uma noite para destruírem, por inteiro, vastas culturas desta última planta, ou para despojar as laranjeiras de suas folhas.[15]

---

11 Tinha-se, antigamente, ideia muito exagerada da fertilidade da província do Espírito Santo. Eis aqui como se exprime Jean de Laet: "Acreditou-se por muito tempo ser essa prefeitura a mais fértil de todas as províncias do Brasil, por todas as cousas que, preparadas, são necessárias à vida humana."

12 Piz. – *Mem. Hist.*, 11, 23.3.

13 O Comércio estaciona por não haver no continente um só negociante capaz de animar os diversos artigos de indústria (*Mem. Ritz.*, II, 24).

14 Diz, com efeito, o senhor Martius (*Agnost,* 567), que as formigas fazem grandes destruições nas plantações de cana; mas é possível que as províncias do norte, percorridas por esse sábio, sejam asilo de algumas espécies que já não existiam nas partes do Brasil que visitei.

15 Veja-se como se manifesta o sábio Sr. Lund na sua *Carta sobre as formigas do Brasil* (Na. Oc. Nat, XXIII, 118): "Eu tinha sempre visto como exagero as narrativas feitas pelos viajantes sobre o dano que certas formigas causam às árvores, despojando-as, num instante, de sua folhagem, mas veja-se um fato que testemunhei, referente à espécie conhecida, muito tempo depois pelo nome de *Alta Cepholotes*: passando um dia junto a uma árvore quase isolada, admirou-me de ouvir, em tempo calmo, o ruído de folhas que tombavam por terra, como

Toda a população do Espírito Santo não se aflige, entretanto, com a abundância das grandes formigas. Logo que munidas de asas, vêm a aparecer, os negros e as crianças as apanham e comem; os moradores de Campos, que vivem em estado de contínua rivalidade com os da Vila da Vitória, chamam-nos de papa-tanajuras, comedores de formigas.Não acontece apenas na Província do Espírito Santo alimentarem-se de grandes formigas aladas; asseguraram-me que elas são vendidas no mercado de São Paulo, sem o abdome e fritas; comi eu mesmo um prato delas, preparadas por uma paulista, e não achei desagradável o seu gosto.

A atual Província do Espírito Santo apenas contém três quartos da antiga capitania do mesmo nome[16] e se estende, pouco mais ou menos, de 19$^0$31' até 20$^0$16', Limitada ao sul pelo Rio Cabapuana, prolonga-se ao norte até o território de Porto Seguro, do qual a separa o Rio Doce, ou melhor, a ribeira menos meridional de São Mateus.[17]

Se, porém, esta província abrange no comprimento uma extensão de cerca de 38 léguas (portuguesas) de costa, sua largura é, em alguns lugares, reduzida a uma faixa estreita e arenosa; sobre nenhum ponto suas dependências verdadeiras avançam no lado de leste tanto quanto na Vila da Vitória e, mesmo lá não se acha qualquer cultura a mais de oito léguas do mar. A Província do Espírito santo oferece, portanto, só uma faixa estreita que, em termo médio, não tem, provavelmente, mais de quatro léguas de largura. Para além se acham imensas florestas, que se confundem com

---

se fosse ruído de chuva; aumentou minha surpresa ao ver que as folhas arrancadas tinham sua cor natural e que a árvore parecia gozar de todo o seu vigor; aproximei-me para achar a explicação desse fenômeno e vi que sobre o pecíolo uma formiga com toda a energia: o pecíolo logo foi cortado a folha caiu ao chão; outra coisa se passava ao pé da árvore: a terra estava coberta de formigas ocupadas em retalhar as folhas, à medida que elas tombavam e os pedaços eram transportados através dos campos para o formigueiro. Em menos de uma hora o grande trabalho se completou sob meus olhos e a árvore ficou totalmente desfolhada." A narrativa inteira do doutor Lund mostra quanto se pode esperar deste zeloso naturalista, que não se lerá sem prazer. Permito-me uma observação que em nada prejudica o trabalho pessoal do Dr. Lund: "Segundo a narrativa dos viajantes, os planos elevados e áridos da Província de Minas Gerais são – diz ele – entrecortados de montículos que de longe se tornarão por choças de selvagens, mas que são obras das formigas." Os viajantes citados provavelmente, não haviam visto os campos de Minas, nem os habitantes das termitas e, menos ainda, as cabanas dos selvagens.

16 Caz. – *Corog. Bras*. II, 56.

17 É conveniente repetir que o Rio Doce é o limite da Província do Espírito Santo; mas, não se observa isto na região; é incontestável que Linhares, situada à margem esquerda do rio, pertence ainda a esta província; Pizzarro disse, positivamente (*Men.*, II, 29) que é o Rio S. Mateus que serve de limite à Jurisdição da junta da fazenda do sul (Junta do Tesouro Público) do Espírito Santo; enfim, a autoridade dita se entende ainda sobre o litoral, para lá do Rio Doce, numa distância de algumas léguas até o porto militar de Barra Seca.

as de Minas Gerais e servem de abrigo às tribos errantes dos Botocudos, sempre em guerra com os portugueses.[18]

A população do Espírito Santo não subiu a mais de 24 mil almas[19] e não se pode saber da superfície habitada desta província, na qual, por 152 léguas quadradas, cada légua contém, na média, cerca de 150 indivíduos.

Disse eu em outra parte que a população de Minas Gerais podia ser avaliada em 10 pessoas por légua quadrada; consequentemente, sobre uma superfície igual, haveria quinze vezes menos indivíduos na Província de Minas Gerais que na do Espírito Santo.

Todavia, as populações dos dois governos não podem ser comparadas realmente com certa exatidão.

Efetivamente, a de Minas disseminou-se pelo imenso território dessa região e as aldeias frequentemente se acham separadas por desertos, que somos forçados a incluir no cálculo de sua superfície geral.

Na Província do Espírito Santo, ao contrário, a população retida pelo medo aos indígenas, se acha localizada em pelotões no litoral e a apreciação que faço do território desta província não abrangeria suas florestas, ainda desconhecidas e só habitadas pelos índios selvagens.

Em Minas, Campos, Rio Grande do Sul e talvez em todo o sul do Brasil, quando alguém fala apenas na Capitania é sempre à do Espírito Santo que se refere, e, mesmo no interior desta última, não se usa quase o nome da capitania a não ser para a Vila da Vitória, a Capital.

---

18 Seria possível que a paz concluída pelo francês Guido Tomás Marliére entre os botocudos do Rio Doce e os mineiros, tivesse influência benéfica para a província do Espírito Santo. Entretanto, eis aqui o que declarou, em 18 de novembro de 1825, o próprio excelente senhor Marliére: "Presentemente não há poder mais inimigos em Minas, entre os selvagens;ali tudo está calmo;eu desejaria poder dizer outro tanto da vizinha província do Espírito Santo; mas, como o sistema que ali se estabeleceu para a civilização dos indígenas consiste em dar-lhes golpes ou palmatória e privá-los da liberdade, duvido que não se revoltem e sua rebelião não se propague aqui. Grande número de selvagens, da costa, vieram refugiar-se entre nós; que não nos venham todos esses infelizes!"

19 Este número me foi comunicado por um homem cuja posição social o colocava em melhores condições de saber a verdade que outros – Pizarro (*Mem.*, II, 8) teve conhecimento da mesma avaliação, mas rejeitou-a para admitir outra vez que fazia subir a 72.845. O número dos habitantes do Espírito Santo, unicamente. De fato, o Desembargador Antônio Rodrigues Veloso d'Oliveira,que também adota (Mapa 2[da] Anm. flum.) o número 72.845, disse que além da população do Espírito Santo, esta cifra compreende a população do distrito de Campos dos Goitacazes, e não podia ser, absolutamente de outra forma, porque o número 72.845 é o resultado dos registros do Ouvidor da Vila da Vitória, e a jurisdição deste ouvidor se estendia sobre Campos nesta época.

Além desta cidade, contam-se ainda outras seis na província do Espírito Santo, a saber: Itapemirim, Benevente, Guarapari, Vila Velha, Viana e Almeida, que não têm juiz e só mereceriam o nome de povoados.

Em segunda instância, a justiça é representada,na província, pelo Ouvidor da Vila da Vitória, cuja jurisdição se estende, ao distrito dos Campos dos Goitacazes.

As finanças da Província do Espírito Santo são administradas por uma junta (Junta da Fazenda Real), constituída pelo governador e cinco membros, que não têm honorários mas que percebem certa comissão sobre o bruto das rendas da província. Na ocasião de minha viagem, não havia mais que um membro da junta e o governador, que se reuniam e a administração do Tesouro Público achava-se real e inteiramente a cargo deste último. As rendas da província alcançavam então a média de 30.000 cruzados por trimestre, mas a cobrança que realizava na Capitania propriamente dita,só entrava nesse cálculo com um terço, ou sejam 10.000 cruzados. Como as despesas da região se elevassem a muito mais do que esse terço, a ela se aplicava a maior parte dos impostos que se recebiam no distrito de Campos dos Goitacases e a soma remetida todos os trimestres. de São Salvador, e dos Campos, à Vila da Vitória, subia 20, 24 e mesmo 26.000 cruzados.

As forças militares da província eram compostas de um regimento de infantaria da milícia, com 10 companhias, de duas companhias de cavalaria, igualmente da milícia, de quatro de artilharia; várias de pedestres ou infantes; por fim, de uma tropa de linha; esta compreendia, com os oficiais, 114 homens quase todos brancos. Era comandada por um capitão e prestava serviço nos fortes e no palácio do Governador. As companhias de artilharia pertencem à milícia; como as de cavalaria não recebem pagamento, mas, têm à frente um capitão retirado do Exército, que percebe soldo. Os pedestres, todos mulatos ou negros livres, formam uma tropa de ordem inferior,[20] são encarregados de levar as ordens do governo e ocupam os diferentes postos destinados a proteger a região do ataque dos selvagens; recebem 80 réis de soldo por dia e são obrigados a se sustentarem; em outros tempos, usavam uniforme, mas, atualmente tem permissão de se vestirem como lhes aprouver, dando-se a eles todos os anos quatro mil-réis para vestuário.

Deviam ser em número de 400, mas, por ocasião de minha viagem, a deserção os havia reduzido. Os fugitivos retiraram-se para S. Mateus,

[20] Viu-se que existiam também companhias de pedestres no Distritos dos Diamantes.

a vila da Província de Porto Seguro mais próxima do Espírito Santo e o governo os deixava em sossego, para evitar as dificuldades da extradição de criminosos de uma província para outra.

Os índios civilizados de Benevente, Aldeia Velha e provavelmente de toda a província, jamais fizeram parte dos regimentos de milícia luso -brasileiros, divididos em Companhias, ditas de ordenanças, cujos capitães obedecem às ordens dos capitães-mores.[21]

Disse eu noutra parte[22] que, sob o nome pomposo de divisões militares, estabeleceram-se nas fronteiras da Província de Minas destacamentos encarregados de protegê-la contra os ataques dos selvagens.

A Província do Espírito Santo tem também suas divisões militares, em número de duas. O quartel de Boa Vista, perto da cidade de Itapemirim, é a cabeça de comarca da segunda dessas divisões e a Aldeia de Linhares, às margens do Rio Doce, a da primeira.

Toda a Província do Espírito Santo é parte da vasta diocese do Rio de Janeiro e compreende nove paróquias sujeitas à jurisdição do Vigário da Vara.

Os padres desta província nada recebem dos fiéis pela comunhão da páscoa; auferem a côngrua de 200 mil-réis e têm, além disso, o extraordinário.

Aqui, não há, como em Minas, assistente por nomeação dos padres; os fiéis pagam diretamente capelães das igrejas que não sejam paroquais.

No atual estado das coisas seria principalmente, repito-o, pelos cuidados do clero que a civilização penetraria entre os brasileiros; e é lastimável que o clero do Espírito Santo tenha costumes tão pouco normais.

Um magistrado esclarecido havia proposto[23] submeter os sacerdotes desta região a vigilância mais ativa e imediata, fazendo da Vila da Vitória a cabeça de comarca de uma diocese particular, este projeto nunca será, provavelmente, executado e talento e instrução não poderão penetrar na Província do Espírito Santo a não ser com extrema vagareza. De fato, se, como tenho dito, esta província goza de grandes vantagens, também se acha, por múltiplas razões, sujeita a influências das mais desagradáveis. É isolada, pobre, e nada nela, por assim dizer, atrai os estrangeiros. As duas raças que vivem confundidas na região devem, mutuamente, comunicar seus vícios. O calor do clima convida os habitantes ao ócio e

---

[21] Como se viu, são também, assim, os índios da Aldeia de São Pedro dos Índios, na Província do Rio de Janeiro.

[22] Ver o volume n.4 desta coleção pág.178.

[23] Ver a memória do senhor Antônio Rodrigues Veloso de Oliveira, nos Anais Fluminenses 155.

os alimentos pouco substanciais de que se nutrem concorrem ainda, necessariamente para aumentar sua apatia. Os ricos, aí, são os únicos que comem carne. Vivem os outros de farinha de mandioca, peixe fresco ou seco, mariscos, feijão que juntam ao peixe, sem sequer incluir toucinho, que não usam, pois, a preguiça não deixa que criem porcos.

As águas más que bebem, habitualmente, os colonos do Espírito Santo podem concorrer para a magreza, a palidez, o ar lânguido que se observam na sua maioria, privando-os da energia necessária à nossa espécie. Aliás, se os habitantes do Espírito Santo não têm todas as qualidades que distinguem os mineiros, não são menos hospitaleiros; levam vantagem em atividade e indústria sobre os agricultores da Província do Rio de Janeiro ou, pelo menos, sobre os de uma grande parte dessa província e nada tem da indiferença desdenhosa que estes demonstram com frequência.

Na Província do Espírito Santo as mulheres não se ocultam, como ocorre em Minas; recebem o estrangeiro, conversam com ele e auxiliam a fazer-lhe as honras da casa. Tecelagem de algodão é coisa a que estão acostumadas; quase todas também fazem renda mais ou menos comum e têm o hábito de trabalhar de cócoras em pequenos estrados, de um pé, mais ou menos, acima do soalho; é, certamente, ao exemplo dos índios, que não escondiam as mulheres, que as da Província do Espírito Santo devem a liberdade de que desfrutam e este resultado não é único neste país, com referência aos costumes dos portugueses em contato com os numerosos indígenas. A língua portuguesa tem Sido modificada no Espírito Santo por essas contínuas influências, e muitas palavras que se usam nesta região não seriam, por certo, compreendidas às margens do Tejo ou do Minho, nem mesmo no Rio Grande do Sul ou em Minas Gerais. Assim, os luso-brasileiros da Província do Espírito Santo servem-se, para dizer uma *plantação*, da palavra indígena capixabi; da palavra *Manibo por sobras da mandioca*; *de quibando*[24] por *joeira; arupembua*,* etc. Tive dificuldade em compreender os habitantes desta parte do Brasil, mais que os de Minas Gerais. Achava que, em geral, falavam mais depressa, com pronúncia menos clara, e que os homens do povo, em particular, se serviam de expressões menos corretas; feria-me o ouvido, sobretudo, a supressão quase inteira do R final, talvez adquirida dos negros e que torna a pronúncia destes últimos tão infantil e atoleimada.

---

[24] É muito possível que *quibando* seja africano e não indígena.

* Estas palavras designam diversos tipos de peneiras e já se encontram nos dicionários de língua portuguesa editados no Brasil. (M. G. P.).

Pelo que disse da pobreza dos habitantes da Província do Espírito Santo, não se estranhará, certamente, o desleixo que os indivíduos de uma classe inferior revelam no traje, qualquer que possa ser a raça a que pertençam. Os homens têm, por veste, uma calça de algodão e uma camisa de igual tecido, cujas fraldas deixam flutuar por cima da calça; as mulheres, como em Minas, vestem, com a camisa de algodão, uma simples saia indígena.

## Capítulo II

# OS ÍNDIOS SELVAGENS – A VILA DE ITAPEMIRIM

*O autor travessa uma região infestada por índios considerados antropófagos. Narrações tendentes a provar a realidade da antropofagia. Posto Militar de Boa Vista. Ilha chamada das Andorinhas. Ainda a antropofagia. Aldeia do Ceri. A Vila do Itapemirim. Distrito de que fez parte. Posição dessa pequena vila. Cultura das Terras. Plantações de cebola. Comércio. O Rio Itapemirim. Aldeia do Agá. Ventos que reinam sobre a costa. Ribeira de Piúma.*

Depois de haver deixado Muribeca, para percorrer a Província do Espírito Santo, atravessei, primeiro, florestas virgens.

Passei, a seguir, por um terreno onde exclusivamente se vê saibro puro e onde crescem as espécies de plantas que eu havia observado em local semelhante, perto de Cabiunas.

Por fim, ao termo de algum tempo, encontrei-me outra vez à beira do mar, numa praia firme e arenosa como aquela em que eu havia caminhado na véspera.[1] Desde o Rio de Janeiro vinham-se constantemente comentando os perigos a arrostar, entre Muribeca e Itapemirim, em razão dos índios selvagens, e induziram-me, por toda parte, a fazer-me acompanhar por homens bem armados.

Assim, antes de partir de Muribeca, pedi ao administrador permissão para que alguns dos seus negros fossem comigo até Boa Vista, posto militar do qual já falei.

1 Itinerário da fronteira da Província do Espírito Santo até a Vila da Vitória.

Deu-me o bom padre três escravos, que já haviam lutado contra os índios, armados de espingardas e facão de mato.

À medida que avançávamos, cuidavam os negros de mostrar-nos os diversos sítios em que haviam aparecido, desde alguns anos, esses inimigos ditos antropófagos.

Ouvindo nossos companheiros, meus criados se acercavam assustados; o mais profundo silêncio sucedia às narrativas espantosas daqueles escravos e, constantemente, o arrieiro Manuel da Costa olhava a floresta que guarnece a margem e da qual era possível que surgissem os índios.

No tempo da expulsão dos Jesuítas, não havia selvagens em todo este distrito; somente seis ou oito anos depois dela, começaram eles a cometer estragos (escrito em 1818). Da primeira vez que se fizeram notar, mataram animais a dentadas, cavalos, homens; e depois renovaram carnificinas e devastações.

Citarei um fato que me foi narrado por dois dos meus negros e terei cuidado em nada alterar. "Os selvagens atacaram, há um par de anos, os vaqueiros de Muribeca e se apoderaram de um negrinho de 10 a 12 anos de idade. Sabendo o que se passava, o chefe da fazenda mandou imediatamente, no encalço dos indígenas cinco escravos bem armados, entre os quais estavam esses meus dois negros.

Os escravos surpreenderam os selvagens sentados ao redor de uma fogueira e, atacando-os a tiros de espingarda, mataram muitos. Depois, aproximando-se do fogo, encontraram o corpo do negrinho, do qual os índios haviam arrancado pedaços que já estavam assados em parte. Cortaram, para mostrá-la a seu chefe, a cabeça de um dos índios que morreram no lugar e enterraram os restos do negrinho".

Felicíssimos fomos em regressar ao posto de Boa Vista[2] (Bela Vista) sem nos haver aparecido qualquer selvagem.

O posto, como já disse, foi instalado depois que os índios começaram a fazer devastações nesta província. Compõe-se de vinte homens comandados por um subtenente (alferes) e alguns deles são continuamente destacados para defender as margens do Rio Cabapuana e outros pontos igualmente ameaçados.

---

[2] O nome de Boa Vista terá, sem dúvida, sido substituído, como mais agradável, pelo de Barreiros, que o sábio Príncipe de Neuwied deu a esse lugar. Se, porém, como ele disse, se quis designar um sítio talhado a pique, seria Barranco e não Barreiras, ou Barreiros, que significa lugar de onde se tira barro; barreira é também um terreno de fortificação (ver *Mor.*, Dec. 1).

A casa onde se alojam os soldados está numa colina que se ergue a pique acima do mar. Construída de barro e madeira, é coberta simplesmente com palha, e os ventos que reinam sem cessar nesta costa danificam essa cobertura. Em torno dessa grande barraca, o mato é queimado pelos soldados, que cultivam alguns legumes; mas, além disso, só se veem por trás da colina, ilimitadas florestas no meio das quais as sapucaias se destacam pela imensa quantidade de flores vermelhas de que se cobrem. Do outro lado do posto, a costa continua a erguer-se acima do nível do mar; quase por toda ela as águas arrancam grandes porções do terreno e o barro, cortado verticalmente, contrasta, por sua cor vermelha, com o verde exuberante das florestas que dele brotam. Em frente a Boa Vista vê-se, à flor da água, a pequena Ilha das Andorinhas, onde irrompem alguns matagais. Finalmente, ao pé mesmo da colina em que a caserna foi construída, há um alpendre destinado a abrigar os soldados que montam guarda durante a noite. Visto da beira do mar, o conjunto desta paisagem tem efeito extremamente pitoresco. A Ilha das Andorinhas, de que acabo de falar, não tem água e não poderia, portanto, ser habitada. Entretanto, como o peixe ali é abundante, os homens da Vila de Itapemirim vão para lá com as necessárias provisões, apanham o peixe e levam muito tempo para secá-lo.

Deixando Boa Vista para ir a Itapemirim, atravessei uma floresta e em pouco tempo me encontrei no lugar que, depois de Curralinho, oferece uma areia sólida, sobre a qual se anda sem afundar os pés.

Na parte vizinha do posto, o terreno que margeia o riacho se ergue a pique; mais adiante, porém, mostra lenta declividade. As primeiras plantas que se acham além da areia nua são: uma Amarantácea de folhas verde-mar e uma Convolvulácea de caule rasteiro[3] e grandes folhas, comum às margens do mar perto do Rio de Janeiro. Vêm, a seguir, os arvoredos que eu já havia observado do lado do Rio das Ostras, bem como em Manguinhos, no meio dos quais brota aqui grande quantidade de guriris, essas palmeiras anãs de que falei noutra parte e que em geral não são raras em toda esta porção do litoral (*Allagoptera pumila* Neuw. Nees).[4]

---

[3] *Convolvulus brasiliensis*.

[4] Observe-se que, para as plantas colhidas pelo Príncipe de Neuwied, cito sempre o seu nome e o das pessoas que os tenham caracterizado. É certamente bem fraco mérito descobrir uma espécie nova, mas parece-me menor ainda designá-la por um nome ou por uma frase. Na maioria das vezes, a descoberta de uma planta dá grande trabalho, isto é, bem poucas pessoas, por

Mais para diante, surgem as matas virgens. A vegetação que acabo de descrever não é, contudo, peculiar ao lugar vizinho de Boa Vista; observei-a ainda, por longo tempo e seguidamente, antes de voltar a este posto. O oficial que o comandava me havia cedido quatro soldados para me acompanharem por um trecho do caminho em que ainda se corria perigo. Esses militares fizeram questão de mostrar-me uma casa cujos habitantes haviam sido mortos pelos selvagens. Quando se deram esses acontecimentos, um indivíduo, que foi extremamente feliz por escapar, refugiou-se no posto de Boa Vista. No mesmo instante, foi mandado um destacamento no encalço dos indígenas; foram eles alcançados e muitos mortos pelos portugueses. Encontraram-se os corpos dos colonos chacinados; os selvagens não lhes haviam desarticulado os membros, mas tiraram-lhes as carnes e só lhes deixaram a cabeça intacta. Estes fatos, dos quais um dos meus soldados disse-me ter sido testemunha ocular, e aqueles que me haviam narrado os escravos de Muribeca, tendiam a provar a realidade da antropofagia; mas creio aconselhável não aceitar plenamente essas narrativas de homens incultos, animados pelo ódio e suscetíveis de criar fantasias em torno de suas ações.[5]

No lugar chamado Ceri veem-se, em grande número, choças que as frequentes incursões dos índios selvagens obrigaram a deixar em abandono.

Deste modo, o vasto Império do Brasil, que em outra parte apresenta uma extensão de 36 graus de Oriente a Ocidente, é aqui, na verdade, limitado a uma praia estreita e despida de vegetação. O único habitante de Ceri, no tempo de minha viagem, era um velho que havia passado toda a vida nesse lugar deserto e não se decidia a abandoná-lo, mesmo que viesse a cair morto nas mãos dos indígenas.

Não me desinteressei de saber a que raça pertenciam os índios que devastam esta parte do Brasil. Os homens mortos pelos negros de Muribeca tinham os lábios e as orelhas furadas mas os que os soldados da Boa Vista mataram não apresentavam nenhum orifício artificial no rosto.

Daí se conclui que as florestas vizinhas desta costa dão asilo a duas nações diferentes.

---

uma frase latina bem curta e mais ou menos bárbara, podem dizer se as folhas são pontudas ou arredondadas, com flores solitárias ou dispostas em inflorescências densas.

[5] O Príncipe de Neuwied, que percorreu esta costa vários anos antes de mim, falou, igualmente, dos estragos cometidos pelos bandos de indígenas, entre Muribeca e Itapemirim; mas não disse absolutamente nada que fizesse considerar antropófagos esses índios.

Os selvagens que haviam morrido em Muribeca eram, evidentemente, botocudos, e como a tribo de que faziam parte só ficou alguns anos no litoral, é de crer que vieram das fronteiras de Minas e que as perseguições das divisões militares[6] os fizeram resolver-se a abandonar seus velhos abrigos. Segundo alguns portugueses, os índios inimigos, de lábios e orelhas que não são furados, seriam apenas os Coroados, semi-civilizados de São Fidélis, que, depois de se terem mostrado amigos dos portugueses, foram assassiná-los na vizinhança de Itapemirim. Como, porém, os Coroados de São Fidélis puseram todo o empenho em transpor vinte léguas de mata, para praticar tal traição? É evidente que essa história foi imaginada, a fim de tornar os índios mais odiados. Os que motivaram os fatos de que neste momento nos ocupamos pertenciam, sem dúvida, à nação dos Puris,[7] os quais não se reuniram em aldeamento (escrito em 1818).

Os soldados que me haviam escoltado despediram-se de mim, logo que passei o Ceri; mais longe, viam-se, a espaços, palhoças habitadas. Afastei-me da beira do mar a cerca de meia légua de Itapemirim. O terreno, a princípio algo montanhoso, volta logo a ser perfeitamente plano.

Este distrito parece ter sido, outrora, coberto de matas, mas hoje apenas, se veem bosques esparsos, entre as plantações de cana ou de mandioca; principalmente na vizinhança da vila é que se encontra grande número de cabanas. A campina tem aspecto alegre e é extremamente semelhante às cercanias de Taquaruçu, perto do Rio de Janeiro.

Entrei na vila nascente de Itapemirim por uma grande praça onde se ergue o pelourinho; construída só em parte de sua circunferência, fica inteiramente aberta do lado da estrada.

Eu tinha carta de recomendação para um dos principais moradores da vila, o senhor Capitão Francisco Coelho; estava ele em sua fazenda, enviei-lhe a carta por um mensageiro e mandei descarregar minha bagagem na porta de sua casa. Sem demora, o senhor Coelho teve a bondade de me enviar as suas chaves por um filho e, acompanhado por esse menino, fui imediatamente, visitar o pai.

---

6 Ver o Volume 4 desta coleção, páginas 178, 245 e 247.

7 Não se pode ler sem horror nos escritos de Von Eschwege os detalhes dos maus tratos que os luso-brasileiros infligiram aos Puris. "Por isso, enquanto os brasileiros não fizerem, melhor ideia da religião de Cristo, diz o autor, será inútil o governo tomar sérias medidas para a civilização dos indígenas" (Jorn. von *Bras*. 1, 105).

Estando a Vila de Itapemirim localizada à direita do riacho do mesmo nome e a fazenda do Capitão Francisco Coelho à margem esquerda, embarquei numa piroga, para atravessar a água. O riacho do Itapemirim está orlado de altas gramíneas e de arbustos do mais belo verde e se introduz por uma região plana e alegre, entrecortada de bosques e pastagens.

Sentado em minha piroga, divisava no horizonte a cadeia de montanhas em meio à qual se levanta o pico chamado Morro do Frade, e via perto a Vila de Itapemirim, que, constituída de pequeno aglomerado de casas cobertas de palha, não parece mais que uma aldeia.

O Capitão Francisco Coelho me acolheu de modo mais cortês e afetuoso e mandou dar-me provisões que eu não teria podido certamente consumir por uma semana inteira.

A Vila de Itapemirim está apenas em formação, mas o nome que tem, e que em guarani significa *pequena pedra chata*, foi dado a seu território pelos índios, provavelmente mesmo antes do descobrimento do Brasil, pois já o encontramos citado no relato muito interessante de Jean de Léry,* publicado por volta dos meados do século XVI.[8]

É possível que nesta parte tivesse havido choças de índios ou cabanas de portugueses. Somente em junho de 1811[9] foi que se deu a Itapemirim o título pomposo de Vila.

O distrito que tem esta vila por cabeça de Comarca[10] é administrado por dois juízes ordinários; começando em Santa Maria, que fica a meia légua de Cabapuana, do lado sul,[11] estende-se para o norte até a praia chamada Piabanha e não conta mais de nove léguas de sul a norte. Do lado do Oeste apresenta extensão ainda menor e é subitamente limitado por florestas que somente são habitadas por selvagens. A população inteira desse pequeno distrito sobe, como me disseram, à média de 1.900 almas.

Situa-se Itapemirim na margem meridional do pequeno rio de igual nome, pouco mais ou menos a meia légua do mar. A pretensa vila é

* Do livro de Jean de Léry existe uma edição brasileira recente: *Viagem à Terra do Brasil*. Editora da Universidade São Paulo e Livraria Martins Ed., 1972. São Paulo (M.G.F.)

8 Léry escreveu Tapemiry (*Viagem*, ed. 1578, pág. 51), mas, na sua época, não se dava grande importância à exatidão dos nomes.

9 Pizarro — *Mem, Histor.*, (V. pág. 88).

10 Itapemirim não é, como se acreditou, uma sede de comarca. Toda comarca é o território sobre o qual se estende a jurisdição de um ouvidor e Itapemirim pertence à Ouvidoria da Vila da Vitória.

11 É claro, em face disso, que o Rio Cabapuana não é exatamente o limite meridional da Província do Espírito Santo.

somente um lugarejo composto, se tanto, de 60 casas, na maior parte cobertas de palha e nas mais deploráveis condições. Essas cabanas formam uma única rua muito curta e a praça inacabada, de que falei mais atrás. A igreja, um pouco distante da vila, é por demais pequena e nem mesmo tem campanário, mas, do alto da colina em que se construiu, descortina-se pitoresco panorama, aquele que eu já havia admirado ao atravessar o Rio Itapemirim. Alegre planície se estende de todos os lados e apresenta um conjunto encantador de pastagens, bosques e terrenos de cultivo.

O Rio Itapemirim banha os campos descrevendo numerosas curvas e do lado do nordeste o horizonte é limitado por altas montanhas, que sem dúvida, fazem parte da cadeia marítima.

A Vila de Itapemirim, se não tem hoje grande importância, está destinada a adquiri-la, por sua posição. A entrada do rio, estreita e difícil, não tem na verdade mais de oito a nove palmos de profundidade; mas tal volume de água é suficiente para embarcações que carregam 60 caixas de açúcar e, às vezes, mais; e essas embarcações, podendo voltar até pequena distância da vila, apanham o açúcar, por assim dizer, à porta de várias fazendas.

Os terrenos que margeiam o Rio Itapemirim, sem terem a milagrosa fertilidade das terras dos arredores de Campos, devem ser considerados, entretanto, muito férteis, pois permaneceram 20 anos sem nunca descansar jamais e sem serem adubadas. Produzem, igualmente bem, arroz, feijão e mandioca; mas, é a cana-de-açúcar que interessa aos agricultores, pois sua cultura ocupa, principalmente, os habitantes da região. Na época da minha viagem, contei nove engenhos de açúcar nos arredores de Itapemirim, e várias outras colônias plantavam cana-de-açúcar sem ter moenda, remetendo sua colheita a qualquer proprietário de engenho, com o qual dividiam o produto.

Os colonos das cercanias de Itapemirim cultivam algodão, mas para uso próprio. É justamente para o consumo da região que se planta arroz e feijão; todavia, não é raro que os agricultores venham a ter excedente desses gêneros, que enviam para o Rio de Janeiro.

Atravessando os arredores de Itapemirim, fiquei admirado por ver tão grande quantidade de terras apropriadas à plantação de cebolas.

Enquanto na quase totalidade do Brasil e na Vila da Vitória, por exemplo, esse vegetal só vinga à custa de cuidados e quando a terra está estrumada,[12] aqui, ao contrário, ele se multiplica com extrema facilidade, e é no lugar um ramo de exportação muito importante. De Itapemirim fazem-se remessas de cebolas para o Rio de Janeiro, a Vila da Vitória e Campos e, por ocasião de minha viagem, o punhado de cebolas que se dava por 80 réis, nos sítios onde haviam sido colhidas, revendia-se por 320 réis na capital da Província do Espírito Santo.

Pequenas barcas e grandes pirogas, carregadas de cebolas, seguem de Itapemirim para a Vila da Vitória e voltam com produtos de olaria.

Aqui esse vegetal não se semeia; é plantado a partir de bulbos às vezes já brotados e com pequenas novas folhas, durante a lua nova de março; em junho se arrancam os talos grossos, separam-se os novos talos, que são replantados e se faz a colheita definitiva em dezembro. Este modo de desdobramento prova até que ponto, neste afortunado clima, a vegetação é exuberante e vigorosa.

A maioria dos agricultores de Itapemirim envia seu açúcar, por conta própria, aos comerciantes do Rio de Janeiro, ou confia sua venda aos comandantes dos barcos.

Na região só se desfazem do produto de sua colheita os que se acham forçados, por necessidade de dinheiro, ou os que não fabricam açúcar bruto ou mascavo bastante para encher uma arca.

Quando de minha viagem, o melhor açúcar branco vendia-se em Cachoeiro de Itapemirim por 2 mil-réis a arroba.

Quatro ou cinco barcos eram suficientes para transportar todo o produto que Cachoeiro de Itapemirim destinava à Capital. Com vento favorável, não gastavam mais de três dias na viagem. O frete era pago à razão de 100 réis por arroba.

Deixando Itapemirim (4 de outubro de 1818) , fiz meia légua pela mata e voltei à foz do rio.

Essa foz é uma parte formada pelas areias que as águas amontoou e, como já disse, não resta às embarcações outra passagem além de um canal estreito e difícil de 8 a 9 palmos de profundidade. Quanto às nascentes do Rio Itapemirim, parece não serem ainda conhecidas. Do lado de cima da vila, as pirogas podem subir esse pequeno rio por espaço de mais

12 Koster disse, expressamente, que a cebola degenerou em Pernambuco, que não produziu mais que um pequeno bulbo oblongo, como, segundo o padre Deutertre, também veio das Antilhas.

ou menos oito léguas, mas, daí em diante, são detidas, por quedas de água, ou por cascatas.[13]

É pela própria embocadura do rio que se passa, quando se faz por terra a viagem do Rio de Janeiro ou de Campos para o norte do Brasil. Não tendo ninguém querido arrendar esse lugar de travessia, por ser empresa pouco lucrativa, dado o pequeno número de pessoas que seguem tal rota, ficou ele a cargo do fisco. Para atingir o outro lado de Itapemirim, voltei a percorrer uma praia arenosa, triste e solitária, orlada por variada vegetação, já observada noutra parte.[14]

Durante toda a viagem só achei, em floração, plantas comuns; não percebi nenhum inseto; não encontrei um viajante e até Taopaba, não vi qualquer cabana. Os próprios passarinhos abandonaram esta praia, onde não se encontra água doce e se fica ensurdecido pelo rumor monótono das ondas do mar, que se vêm desfazer na areia. Em Taopaba,[15] onde há uma choupana, a região aparece um pouco montanhosa e os rochedos obstruem a praia. Aí, distanciei-me do oceano e, depois de haver atravessado uma mata virgem, em que notei grande número de *Lecythis** carregados de flores, voltei ao povoado do Agá. As choças que o compõem são construídas à beira do mar, ao fundo de pequena casa, e atrás dessa mesquinha morada há certa extensão de terreno, hoje cultivado ou que antigamente o foi. Parei na casa do principal proprietário desse sítio. Seu aglomerado se constitui de várias cabanas muito pequenas, unidas e construídas sem ordem num campo que se estende até o mar e onde se plantaram laranjeiras esparsas. Ao fundo do campo há uma colina, com os flancos cobertos de relva, no alto da qual, quando de minha viagem,

---

13 Segundo Cazal (*Corogr.*, II, 62) o Itapemirim tem um curso muito extenso e, quando atravessa a cadeia marítima, já é considerável. Afirma-se, acrescenta o mesmo autor, que um dos afluentes desse rio começou nas minas pouco conhecidas do Castelo, que foram abandonadas devido às incursões dos selvagens.
Segundo o Príncipe de Neuwied, o Rio Itapemirim não é tão extenso quanto pretende Cazal; mas passa nas montanhas de Itapemirim, que fazem parte da grande cadeia e que se pode perceber da vila do mesmo nome. Pizarro, posterior aos dois escritores que acabo de citar, disse duas palavras do Itapemirim, mas não fez referência às suas nascentes.

14 Não apresentarei uma identificação perfeita da vegetação das partes do litoral em que mais se parecem; é preciso convir ser impossível traçar de novo matizes tão diversos.
Entre Itapemirim e Saapaba crescem, próximas da praia, com o *Convolvulus brasiliensis*, uma Rubiácea e uma Euforbiácea, ambas com o tronco na areia, e finalmemente Eriocaulon de folhas ásperas e picantes (*Eriocaulon maximiliani* Schrod).

15 Do termo indígena *tao*; grandes formigas; e paba: mortalidade (destruição das grandes formigas). Ant. Ruiz de Montoya: "*Tes leng guar*".

* Gênero de plantas ao qual pertence a Sapucaia (M. G. F.).

haviam plantado mamona e algodoeiros. Numerosas bananeiras completavam essa plantação e ostentavam horizontalmente suas folhas todas, as quais, mesmo as mais novas, estavam rasgadas em laminas estreitas, pelo vento impetuoso, que se desencadeia sem cessar sobre essa costa.

Atrás da colina de que falo, levanta-se um monte arredondado, quase a pique,[16] formado de um rochedo cinzento, sobre o qual só se veem umas plantas esparsas. Por fim, pelo lado da pastagem, há matas virgens, embelezadas pelos *Lecythis* de flores vermelhas e de tronco elevado.

Essa paisagem muito variada empresta algo de solene ao barulho dos ventos e ao estrépito monótono das vagas marinhas.

Desde que eu viajava, os ventos sopravam sempre do nordeste. Mas, se são desagradáveis pela violência, têm pelo menos a vantagem de refrescar extraordinariamente a atmosfera e desde o Rio de Janeiro o calor não me vinha incomodando muito, quando seguia à margem do mar, ao passo que, nos arredores de Campos, a algumas léguas da praia, era eu atormentado pelo sol.

Ao sair de Agá, distanciei-me momentaneamente do mar, para achar-me logo em seguida na praia, após atravessar uma parte de mata virgem. Aqui a vegetação é mais robusta do que a que eu havia observado nos dias anteriores, os arbustos são mais altos, sua folhagem apresenta verdor mais fresco e menor número de galhos secos. Algumas léguas além de Agá, chega-se à foz do pequeno Rio de Piúma, diante da qual há três ilhotas de escassa importância.

Disseram-me que esse rio não tem mais de oito léguas de curso e, se embarcações de fraca tonelagem algumas vezes nele entram, é apenas para se colocarem ao abrigo dos ventos contrários. Acham-se na embocadura do Piúma algumas choupanas habitadas por índios civilizados, que vivem da pesca e cultivam um pouco de terra, perto da praia. Entrei numa de suas casas, construídas com regularidade e divididas, no interior, em numerosas peças, mas em que não se haviam empregado outros materiais senão compridas varas e folhas de palmeiras. As outras cabanas, são, segundo o costume da região, construídas com barro e madeira. Antigamente, às margens do Piúma, havia mais índios do que hoje; o receio dos Botocudos fez fugirem os que se tinham adiantado pelas terras adentro; outros retiraram-se, para satisfazer a inconstância natural da

16 É sem dúvida a essa montanha que o Príncipe Neuwied chama Morro do Agá, e Pizarro, Montanha do Agá.

raça e para evitar os vexames de que são sempre alvo na Província do Espírito Santo.

Uma ponte de madeira tinha sido construída, há alguns anos, sobre o Rio de Piúma, mas no tempo de minha viagem estava quase totalmente inutilizada[17] e para atravessar a água, usava-se uma piroga. Não era ainda certo ficar por conta do fisco esse transporte. Além de Piúma, torna-se a região montanhosa e entra-se na mata, tudo anunciando a vizinhança de uma vila de alguma importância, pois, consecutivamente, se veem cabanas, terrenos cultivados e outros que o haviam sido. A Vila de Benevente logo se mostra entre os arvoredos; oculta-se muitas vezes, para reaparecer instantes depois, e oferece ao viajante uma série de paisagens muitíssimo agradáveis.

---

[17] O Príncipe de Neuwied também passou nessa ponte em 1815 e deu-lhe 300 pés de comprimento. Era, disse, com razão, verdadeira curiosidade para a região.

## Capítulo III

# A CIDADE DE BENEVENTE E OS ÍNDIOS CIVILIZADOS – A VILA DE GUARAPARI –CHEGADA ÀS MARGENS DA BAÍA DO ESPÍRITO SANTO

*Passagem do Rio Benevente. Posição da cidade de Benevente. Suas casas. Sua história; de que maneira os índios, nela, são tratados. Cultura e comércio. Aldeia de Meiaipe. A que raça pertencem seus habitantes. Vila de Guarapari. Sua história; população. Descrição dessa vila. Cultura dos seus arredores; seu comércio. Sítio de Perocão. Respeito dos brasileiros aos seus superiores. Aldeia do Rio Una. Sal Branco. Ponta da Fruta. O Rio Jucu. Canal aberto pelos Jesuítas. Vegetação análoga à de algumas partes da Província de Minas Gerais. Vista da Baía do Espírito Santo. Embaraços experimentados pelos viajantes ao se aproximarem das cidades. Passagem da baía. Arrabalde de Jucutuquara. Mangues. Sítio de Santinhos. Conversação.*

Quando cheguei diante de Benevente, que se situa na margem setentrional do pequeno rio do mesmo nome, veio buscar-me uma piroga conduzida por um negro. Embarquei com Prégent, o botocudo Firmiano e parte de minha bagagem. A piroga estava carregada, o vento soprava forte, a maré nos arrastava e o canoeiro era inexperiente. Confesso que não pude evitar algum temor; chegamos, entretanto, sem qualquer incidente.

Indaguei de umas pessoas que vi na praia onde poderia passar a noite e foram concordes em dizer-me que só acharia pouso no velho Convento dos Jesuítas. Ficando esse edifício a certa distância do rio, somente meus burros podiam levar lá a minha bagagem e foi mister que atravessassem a água para eu me instalar. Houve a tal respeito, não sei quantas controvérsias inúteis. Por fim, os burros passaram o rio a nado, um após outro, seguros pelas rédeas, por um ou dois homens que estavam na piroga. Correram mais ou menos 2 horas para que chegasse à margem esquerda do Benevente toda a minha caravana, e, durante esse tempo, tive de ficar na praia, com meus objetos expostos ao sol mais ardente. Sendo precisamente aquele dia um domingo e além do mais, festa do Rosário, uma multidão de toda a vizinhança havia chegado à vila.

Tão logo desembarquei, fez-se um círculo à nossa roda e, a cada instante, mais aumentava a gente. Índios civilizados, negros, luso-brasileiros, todos nos olhavam quase mudos, com jeito estranho e estupidificado. Mas era principalmente Firmiano quem atraía o olhar dos curiosos; suas orelhas e seu lábio superior furados comprovavam sua origem e, sendo o nome de seu povo aqui execrado, dirigiam-lhe as mais injuriosas invectivas. O pobre rapaz, confundido e perturbado, baixava os olhos sem proferir sequer uma palavra e escondia o rosto nas mãos. Afinal, esgotou-se minha paciência: disse aos presentes as verdades mais duras e repreendi sua desconsideração, crueldade e estupidez. Fui calmamente ouvido; nada me responderam; mas, ninguém pensou em retirar-se. Em honra da festa, todos os índios estavam mais ou menos embriagados e um deles, que provavelmente seguia conselho dos demais, veio gritar em meus ouvidos que um botocudo não devia aparecer nesta região, senão para ser preso, acrescentando que ia comunicar o que se passava ao comandante da milícia. Prégent respondeu a esse homem com certa rudeza e pôs os curiosos a seu favor. Não sei se o índio cumpriu a ameaça que fizera, mas, poucos momentos após a breve cena, cuja narração acabo de fazer, apareceu o comandante e pediu para ver meu passaporte; quando o leu, prodigalizou-me gentilezas e pôs fim a meus aborrecimentos, fazendo preparar no antigo mosteiro o alojamento reservado aos viajantes. Logo depois o cura veio ver-me e mandou-me em seguida provisões com uma garrafa de bom vinho de Alicante. Livre dos importunos, pude, afinal, passear em Benevente e examinar sua situação.

Das montanhas que se avistam a distância, do lado noroeste, desce um riacho que logo depois da embocadura se dirige bruscamente no rumo do oeste.

No ângulo formado por essa curva é que se ergue a cidade de Benevente, também chamada Vila Nova, ou Vila Nova de Benevente. Compõe-se de cerca de 100 casas, umas cobertas de telhas e outras de palha, muitas das quais têm um andar além do térreo.

Em torno do grupo principal de casas, que é o mais próximo do riacho e apresenta uma espécie de triângulo, o terreno se eleva, formando rápido declive onde a rocha se mostra nua. Esse declive termina numa plataforma muito larga, que domina não apenas a campina, como ainda o mar; e lá se acham o antigo convento dos Jesuítas e sua igreja, hoje a paróquia de todos os fiéis do distrito. A entrada desta última defronta o Oceano; o convento se apoia de encontro ao lado meridional do edifício e uma larga via, formada por cabanas confina-se no lado setentrional.

Sem ser muito ornada, essa igreja é, contudo, notável por sua imponência e especialmente por ter dois rebordos, gênero de construção do qual os templos brasileiros apresentavam poucos exemplares. O antigo convento tem um andar, ao qual se sobe por uma escadaria externa e forma o 3° lado do mosteiro, do qual a igreja é o 4°.

O mais aprazível panorama oferece aos olhos de quem se coloca diante de alguma das janelas do claustro; avistam-se a um só tempo o rio, a mata majestosa que o margeia, sua embocadura, o oceano, a cidade de Benevente e os campos das cercanias. Benevente, outrora conhecida pelo nome de Aldeia de Reritiba[1] era uma das quatro reduções[2] que se achavam compreendidas na Província do Espírito Santo. Os jesuítas lançaram as bases desta Aldeia logo após sua chegada ao Brasil.[3] Ali reuniram número muito considerável de índios; instalaram uma hospedaria para os viajantes de sua Ordem e Reritiba foi o principal teatro dos generosos trabalhos do Padre Anchieta.

Em 1716, a antiga redução foi erigida em Vila, sob o nome de Benevente e, em 1795, tornou-se cabeça de comarca de uma paróquia independente.[4]

---

1 Reritiba virá das palavras indígenas *riru*: cesta e *tuba*: reunião - reunião de cestas?

2 Chamam-se reduções as vilas de índios fundadas pelos jesuítas.

3 Os jesuítas, como se viu, desembarcaram pela primeira vez no Brasil em 1549, com o Governador-Geral Tomé de Sousa.

4 Foi dito, anteriormente, que a população da paróquia de Benevente elevava-se, em 1820, segundo Pizarro, a 2.500 indivíduos. O Príncipe de Neuwied indicou-a como 1.400 almas em 1815, mas, pelo modo porque se exprime, faz supor que essa cifra não compreende a paróquia inteira.

Após extinta a Companhia de Jesus, o governo apoderou-se do mosteiro; parte do edifício serve hoje de alojamento ao cura; o resto se tem consagrado a muitas destinações diferentes; fizeram ali uma prisão; dispuseram de uma sala para a câmara; em outro aposento o Ouvidor dá audiências quando vem cumprir suas funções de corregedor; por fim, tiveram a generosidade de reservar um quarto para cedê-lo aos estrangeiros honestos que passam pela região.

Quando expulsou os jesuítas, a Administração destinou aos índios civilizados de Benevente uma área inalienável de seis léguas por outras tantas, mas, sendo fértil o lugar, os governadores logo deram aos seus amigos partes dessas terras, sem considerar o direito dos indígenas, que reclamaram inutilmente.

Entretanto, para poder comprar aguardente, muitos índios cederam suas propriedades aos brancos, os quais, para se garantirem no gozo do valor declarado inalienável, se *comprometeram* a pagar pequena retribuição à Municipalidade de Benevente.[5]

Outros indígenas, ao deixar a região, não fizeram venda alguma e portugueses tomaram, pura e simplesmente, posse de suas terras. Contudo, hoje se dão sesmarias em todo o distrito, sem sequer exigir aforamento para a Câmara; o Ouvidor da Vila da Vitória tem o título honorífico de conservador das possessões dos índios de Benevente, mas, na realidade, nada mais tem a conservar.

As mencionadas terras têm passado, quase todas, pelas mãos dos luso-brasileiros, e os índios se comprazem em cultivar campos que deveriam semear para si mesmos.

Quando o índio pede justiça contra o português, como poderá obtê-la? É aos amigos e patrícios de seus adversários que ele é obrigado a dirigir-se, já que os Juízes ordinários de Benevente são exclusivamente portugueses. E, ainda, como as queixas de uma raça de homens pobres e sem apoio chegarão até aos magistrados superiores, a tão grande distância desses infelizes e, na maioria das vezes, surdos à voz dos que se apresentam de mãos vazias?

Pouco antes de minha viagem, haviam sido, como disse mais acima, abertas novas estradas na Província do Espírito Santo; lançaram-se as fundações de nova vila, a de Viana, e os índios eram empregados nos diversos trabalhos.

---

[5] Temos visto que assim se praticava ainda em São Pedro dos Índios.

Tirava-se de Benevente (1818) certo número deles, revesados de três em três meses; eram mandados a trabalhar bem longe de sua habitação; alimentavam-se mal e, ao cabo do trimestre, só lhes davam 4 mil-réis, mesmo assim sem regularidade. O temor dessas explorações ilegais espantou grande número deles e sendo, principalmente homens que abandonam a região, sem encontrar mulheres, em outra parte, ficaram perdidos para a população.

Não é de estranhar que as terras de Benevente sejam muito procuradas pelos luso-brasileiros, pois em geral são de muito boa qualidade e se prestam igualmente ao arroz, ao algodão, ao feijão, à cana e à mandioca; esta, ao cabo de seis meses, apresenta raízes no ponto de se arrancar.

Os colonos não colhem apenas o açúcar, que remetem para o Rio de Janeiro, mas também outros produtos da região, com abundância que dá para serem despachados à capital. A vizinhança do oceano e do rio favorece singularmente os agricultores do local.

A terra que limita o Rio Benevente ao norte, ultrapassa a embocadura e forma no oceano um cabo muito grande e meio circular, que oferece abrigo às embarcações. A entrada do rio tem 10 a 12 pés de profundidade; não opõe ao navegante qualquer dificuldade e dá passagem às maiores sumacas. Parece que não se conhecem as nascentes do Benevente, mas, com pirogas, pode-se subí-lo por uma extensão de 4 a 5 léguas.[6]

Os pequenos navios que habitualmente transportam ao Rio de Janeiro os gêneros da região são em número de quatro ou cinco, e além desses, de tempos a tempos, outros vêm pelo rio, fretados por negociantes da Bahia e da Capital. Esses negociantes, ou seus comissários, vão à casa

---

[6] O Príncipe de Neuwied pensa (*viagem* trad. E. J. I, 249) que Cazal se enganou ao aplicar ao Rio Cabapuana, limite da Província do Espírito Santo, o nome de Reritiba e: com efeito, seria bem extraordinário que os jesuítas houvessem construído a Aldeia de Reritiba nas margens de um rio que não fosse o Reritiba. Pizarro, geralmente muito exato, ainda mais aumentou a confusão; num trecho da sua obra (*Mem.* II, 28) distingue, positivamente, o Reritiba do Benevente e, como diz que o primeiro hoje se chama Camapuã, deve-se crer que, como Cazal, teve em vista o Camapuã ou Cabapuana; entretanto, noutra parte (V, 95) acrescenta que os jesuítas construíram a Aldeia de Reritiba, que chamavam vulgarmente Iriritiba e que hoje se chama Camapuã: aí está, então, o Reritiba ou Camapuã de novo tornado o Benevente, se bem que não corra perto da cidade chamada também Benevente; mas, em seguida, o autor brasileiro esquece os nomes de Reritiba, Camapuã e Benevente e diz que o rio que banha o lado meridional da vila é o Rio da Aldeia. Para se atender ao uso da zona, deve-se dar o nome de Rio Cabapuana ao que separa a Província do Espírito Santo da do Rio de Janeiro, e o nome de Benevente ao que banha a Vila de Benevente.

dos colonos adiantar-lhes algum dinheiro e contratar certa quantidade de gêneros, que depois mandam transportar.[7]

Não é sempre em numerário que se fazem as compras; nada raro, é que os negociantes forneçam mercadorias em troca dos produtos da região. Vende-se comumente, por uma pataca e meia a duas, o alqueire de arroz em casca, por duas patacas o alqueire de milho, por duas a três, o de farinha de mandioca. O algodão, que durante muito tempo se vendia por duas patacas a arroba, ao tempo de minha viagem foi elevado para três patacas, por compradores estrangeiros.

O que atrasa o progresso da agricultura é o medo aos botocudos, que há 25 ou 30 anos (escrito em 1818) vêm causando danos no território deste distrito.

Esses índios fizeram com que fossem abandonadas as margens de mais de um dos afluentes do Rio Benevente e por causa deles, não é possível afastar-se muito do litoral.

Desde contudo, que se instalou um destacamento militar às margens muito férteis do Riacho de Iconha, os agricultores começaram a estabelecer-se ali.

Depois de ter deixado Benevente, caminhei a princípio pela praia; passeio muitas vezes pela floresta e desta para aquela e, tendo percorrido 3½ léguas em região montanhosa, pontilhada de cabanas, cheguei à Aldeia de Meiaipe,[8] dependente da paróquia de Guarapari e situada à margem de uma enseada; ao norte desta aparece muito considerável grupo de casinhas; além, há outeiros cobertos de mato e diante da aldeia, no mar, surgem recifes negros quase à flor da água. Apesar de os habitantes de Meiaipe se jactarem de ser brancos, reconhece-se logo, sem custo, que a maior parte nem por mistura pertence à raça europeia. Não têm, na verdade, os olhos diferentes e a cor fuliginosa dos indígenas; mas, é de observar que esses caracteres se perdem, quase sempre, pela preponderância dos brancos e dos índios; aliás, os colonos de Meiaipe têm o peito largo e os ombros sem saliência, como os americanos; sua cabeça é mais volumosa que a dos verdadeiros portugueses, e os ossos da maçã do rosto são mais proeminentes que nos europeus; por fim, a brancura de sua pele tem algo de embaçado e pálido que não se nota nos homens que

---

7 Vê-se não ser apenas em Benevente que o comércio se fazia dessa maneira.

8 Escrevi essa palavra tal como me pareceu ouví-la pronunciada nesta região; entretanto, devo dizer que se acha Miaipê na sábia obra do Príncipe de Neuwied. Virá Miaipê das palavras indígenas *ubeim*: torta, doce; e *aipê*: mandioca doce?

pertencem inteiramente à raça caucásica.[9] Os habitantes de Meiaipe cultivam um pouco a terra, mas, vivem, principalmente, da pesca, muito abundante neste distrito; secam os peixes que apanham e pequenas embarcações vêm de Vitória e de São Salvador dos Campos dos Goitacases para comprá-los. Após deixar Meiaipe, atravessei, ligeiramente, um terreno de areia, com vegetação muito interessante, que se assemelha à das restingas de Saquarema, de Cabo Frio, etc.

Tão logo alcancei a praia e depois dela me afastei um pouco, cheguei a Guarapari.[10] Essa pequena vila foi, na origem, uma das quatro reduções que os jesuítas fundaram na Província do Espírito Santo e o célebre José de Anchieta ali fez, como em Benevente, triunfar seu zelo pela civilização e pelo bem-estar dos índios.

Parece que ao tempo da Companhia de Jesus já os brancos haviam penetrado em Guarapari, pois, desde o ano de 1689, o lugar recebeu o título de Vila e, na mesma época, fundou-se ali uma espécie de paróquia.[11]

É-nos impossível dizer qual, sob a administração dos jesuítas, era a população deste distrito; tudo quanto sabemos é que hoje se contam, no meio da jurisdição clerical, mais de 300 casas e mais de 2.400 adultos.[12]

A Vila de Guarapari foi construída em situação muito pitoresca, na foz do rio do mesmo nome; mas, em lugar de estender-se pela margem do rio, com ele se confinou perpendicularmente; e só se pode alcançar a praia depois de atravessar a cidade em toda a sua extensão. A rua pela qual cheguei ao Rio Guarapari é bastante larga e ladeada de casas mal

---

9 Veja-se o que eu disse dos caracteres e da fisionomia dos mamelucos, no capítulo 1° desta obra.

10 *Guarapari*, e não como se tem escrito *Goaraparim*, vem da palavra indígena *guará*: pássaro da praia chamado *Ibia rubra* ou *lantalua ruber* pelos naturalistas, e de *pari*: armadilha (armadilha de pegar guarás). É de se observar que devia ser por extensão que a palavra guarani *pari*, que passou à língua portuguesa no Brasil, acha-se aplicada aos guarás, pois significa, a falar certo, armadilha de vime para pegar peixe (veja *Viagem pelas Províncias do Rio de Janeiro e Minas Gerais*). O nome de guarapari significa, bastante, que outrora existiram guarás nas imediações dessa cidade; entretanto, atualmente não se vê mais nenhum na Província do Espírito Santo. No tempo de Marcgrav (*Hist. Nat. Bras.*), esses pássaros eram também muito comuns no Rio de Janeiro e hoje a custo se sabe o seu nome. Não achei mais *guarás* senão no pequeno porto de Guaratiba, que fica ao norte da Província de São Paulo; e como os matam sem piedade, para obter-lhes as penas, e lhes comem os ovos, ao que se diz, de gosto agradável, é de acreditar que logo um dos mais belos ornamentos da costa do Brasil terá inteiramente desaparecido desta região.

11 Pizarro — *Mem.* Hist., III, 252-4.

12 Esta cifra é emprestada de Pizarro. O Príncipe de Neuwied cita um número pouco diferente; eleva a população da Vila de Guarapari em particular a 1.600 habitantes e a de todo o território a 3.000.

conservadas, na maioria, cobertas de telhas. Diante das portas e das janelas de sacadas há, costumeiramente, uma espécie de tela muito fina, que substitui as venezianas e se assemelha à empregada em muitas partes do Brasil para fazer peneiras. Não se cuidou de calçar a rua de que acabo de falar e nela, como em Cabo Frio, cresce um gramado muito fino, de bonito efeito. Uma colina coberta de mato e coroada pelo antigo Convento dos Jesuítas, parte da vila e se atira diante da embocadura do rio. Este, que em face da rua principal apenas tem a largura de nossas ribeiras de terceira ou quarta ordem, arroja-se diante da pequena baía, distando cerca de um tiro de fuzil das últimas casas.

À margem do Rio Guarapari oposta à cidade, isto é, à margem esquerda ou setentrional, erguem-se alguns rochedos negros; uma planície coberta de arbustos e espinhos se estende atrás; vê-se, do lado do setentrião, na margem da pequena baía em que se lança a ribeira, uma fila de cabanas a formar um semicírculo sendo o horizonte limitado por montanhas.

A Vila de Guarapari tem muito mais importância do que Itapemirim e Benevente, pelo seu comércio. Seus habitantes em geral são pobres e têm poucos escravos. As canas que suas terras produzem apenas podem ser empregadas para fazer aguardente e não colhem algodão, arroz, feijão e mandioca, em abundância para entreter comércio regular com a Capital.[13] De vez em quando, negociantes da Bahia ou do Rio de Janeiro entram no Guarapari com pequenas embarcações e compram dos agricultores os gêneros excedentes do consumo da região, mas esse comércio se realiza com extrema morosidade.

Ao tempo de minha viagem, uma embarcação que havia chegado da Bahia para levar farinha já se achava desde 3 meses no porto de Guarapari sem ter podido completar seu carregamento.[14]

Deixando Guarapari, atravessei o rio. Usa-se uma piroga para transportar os homens de uma a outra margem e são obrigados os cavalos e as bestas, em suma, a atravessar a água nadando. A *portagem* está a cargo do fisco. Tão logo me vi do outro lado do rio, cruzei a planície que já havia avistado quando ainda na vila. Mostra ela uma superfície arenosa

---

[13] Pizarro — *Mem.*, III, 253, censura aos agricultores de Guarapari a preguiça e a rotina.

[14] Não tendo tomado nota do pequeno comércio de bálsamo feito por Guarapari, abstenho-me de fazer referências a tal respeito. Pela mesma razão, nada direi, tão pouco, de uma espécie de república de negros revoltados que se formou na vizinhança da mesma vila e da qual muito se falava época de minha viagem.

e apresenta vegetação, que eu havia observado, semelhante à das várias restingas que eu percorrera até então. Do outro lado dessa planície entrei numa floresta e, daí a pouco, cheguei a Perocão, lugar que tirou seu nome de uma ribeira cujas águas correm na vizinhança. A casa onde fiz parada tem pouca importância. Mas sua situação é muito pitoresca. Essa casa foi construída no cimo de pequena montanha que domina uma enseada bastante larga e de onde também se avista o alto mar. Ao redor da habitação há terrenos cultivados e algumas casas de negros.

Ao pé da colina vi o vale que rega o Perocão; florestas imensas se estendem do lado oeste e, à distância, se percebem as altas montanhas.

Alojou-me o proprietário do Perocão, numa casa de negros, não era esta, uma estalagem muito distinta, mas, ao menos, eu poderia trabalhar com mais liberdade que na casa do próprio senhor. Esse homem tratou-me logo muito cavalheirescamente, mas, quando eu lhe disse que estava ali na qualidade de enviado especial (homem encarregado pelo Rei, de uma Missão), assumiu atitudes de profundo respeito, imediatamente. Os brasileiros, em certa época tinham tal veneração por seu soberano que a palavra *mandado* atuava como um talismã para a maioria.

Depois de haver deixado meu hospedeiro, atravessei o Perocão, que se lança pouco abaixo no oceano. A cerca de ¼ de légua dessa ribeira, encontrei outra, igualmente pequena, a de Una (Ribeira Negra) junto à qual se acham cabanas muito mal conservadas. Entrei numa delas e vi sal branco como a neve. Esse magnífico sal se forma, por evaporação natural, em buracos onde o mar deixa a água depois das marés altas, e os habitantes da região cuidam de recolhê-lo.

Da mesma forma que o Rio Perocão, a Ribeira de Una se transpõe por uma ponte. Mais longe, atravessei terrenos arenosos, nos quais a vegetação é a das restingas; rodeei os pântanos e afinal me vi de novo às margens do mar, da qual me havia distanciado por certo tempo. Aqui a praia arenosa e despida de vegetação é mais extensa que em todas as outras partes em que eu havia acompanhado o rio, mas, para além da praia, o terreno é mais elevado. A quatro léguas de Perocão, detive-me numa aldeia de cabanas esparsas, edificadas no pequeno promontório chamado Ponta da Fruta. A casa, em que passei a noite, situa-se numa altura em que, excetuado o mês de março, durante quase todo o ano o vento se faz sentir violentamente.

Desde os arredores de Guarapari à Ponta da Fruta, as terras são menos produtivas que na vizinhança de Itapemirim e mais ao sul. Aqui, as grandes formigas afligem os agricultores, por seus estragos, bem mais que em

Itapemirim e em Campos, pois os terrenos áridos não opõem a esses insetos os obstáculos que eles encontram nos lugares úmidos, quando desejam fazer seus ninhos.

Entre a Ponta da Fruta e o Sítio de Santinhos vê-se a Baía do Espírito Santo; o caminho, numa distância de 4 ½ léguas, não costeia o mar; não se distancia, porém, de maneira tal que o viajante não possa, frequentemente, ouvir ainda o troar das vagas.

Atravessa-se sempre terreno plano, que ora mostra charcos, ora pastagens, ora capões, ora vegetação análoga à das restingas.

Pouco mais ou menos a meio caminho, encontrei a Ribeira do Jecú[15] perto da qual estão espalhadas algumas choupanas. Passa-se sobre esse pequeno rio por uma ponte de madeira, cuja entrada é fechada por uma grande porta, ao passar a qual, é exigido tributo.

O Jecú se lança no Oceano, pouco abaixo da ponte, mas sua embocadura tem pequena profundidade para dar entrada a outros barcos além de pirogas. Esta circunstância havia decidido os jesuítas, possuidores de três fazendas situadas à margem do Jecú, a cavarem um canal que, comunicando a ribeira à Baía do Espírito Santo, pusesse os gêneros alimentícios ao abrigo dos riscos que corriam ao ser transportados em canoas, por mar. Já tive ocasião de fazer referência a esse canal, noutra parte, o único existente, que eu saiba, em todo o Brasil meridional, com o de Capitinga, perto de Paracatu, e o das forjas de Gaspar Soares.[16]

Para além do Jecu, entrei num bosque e depois cheguei a vasto campo, onde se poderia criar muito gado. O horizonte é limitado, a oeste, por outeiros, que sem dúvida fazem parte da cadeia marítima; num plano menos distante veem-se montanhas, entre as quais é possível distinguir uma de forma cônica, que tem o cume coroado pelo famoso Convento de Nossa Senhora da Penha...

Havendo atravessado a pastaria do Jecú, cheguei a um terreno extremamente arenoso, coberto de moitas pequenas e juntas, que em seu todo mostram o aspecto dos carrascais de Minas Novas.[17]

---

15 Escrevi esta palavra tal como a compreendi pronunciar na região e como se acha em Cazal (*Corogr.*, III, 62) ; mas, devo dizer que o Príncipe de Neuwied e Pizarro são acordes em escrever Jucu. Talvez o nome Jucu tenha sido o de umas pequenas ribeiras que se lançam na Baía do Espírito Santo, ao lado sul.

16 Ler-se-á em meu livro *Viagem às Nascentes do Rio São Francisco,* que o canal de Capitinga nunca serviu para nada e hoje talvez esteja inteiramente entulhado. Não me surpreenderia que se houvesse dado o mesmo no canal de Gaspar Soares.

17 Ver o volume 4 desta coleção pág. 199.

Não só pela aparência, porém, é que a vegetação deste sítio se aproxima da de certas partes de Minas Gerais. Achei aí plantas que já havia colhido nesta última província e posso até dizer, em geral, que as espécies de restingas da costa são a miúdo as mesmas que crescem nos planaltos úmidos e arenosos de Minas, e não podem ser tidas de outro modo senão como pertencentes aos mesmos gêneros. Isto concorre para provar que a elevação do solo, quando não é extremamente considerável, contribui menos que as variações do terreno para provocar diferenças na vegetação.[18]

Tendo continuado meu caminho cheguei a um campo onde não achei vestígios de homem ou de cavalos; pensei haver-me transviado e voltei; entretanto, logo soube pelos habitantes de uma colônia vizinha que não havia errado o caminho, como pensara. Estava então a ponto de chegar à Vila da Vitória; mas, nessa região, viaja-se tão raramente por terra que, por assim dizer, o único caminho que leva às portas da Capital desaparece inteiramente sob as ervas que o cobrem.

Subi logo a uma colina coberta de grama e encontrei no alto uma humilde choupana. Dali divisei grande parte da Baía do Espírito Santo. Vi o canal pelo qual chegam a ela as embarcações e que se acha limitado ao norte pelo Monte Moreno e ao sul pela pequena Ilha do Boi. Sucediam-se diante de mim os contornos irregulares da baía, circundada de colinas e montes.

Nessas elevações de bem variadas formas, notei sucessivamente, grandes florestas, verdes pastagens, campos cultivados e magros terrenos que nada ofereciam além de espinhos.

Entre todas essas montanhas, seria impossível deixar de notar a de Jucutacoara que termina por um rochedo nu, arredondado no topo e cilíndrico. Surgia, ao norte entre os montes, em plano afastado, o Pico de Mestre Alvo, distante de 8 a 9 léguas. Voltando de novo a atenção para a baía, agradava-me contemplar as ilhas que a semeiam e que entre si pouco se assemelham em extensão e forma. Ao pé da colina de cujo cimo admirava esse magnífico panorama, vi as águas do Aribiri juntarem-se às da baía, após haverem serpeado na pradaria. A Vila da Vitória estava escondida, por fim; entretanto, algumas cabanas apareciam aqui e ali sobre os morros e a visão da bela residência de Jucutacoara tornava menos austera a das montanhas vizinhas.

---

18 Ver minha introdução à *História das Plantas mais notáveis do Brasil e do Paraguai*, pág. XXV.

Nas partes do Brasil em que se viaja por terra, quem chega às cidades experimenta as maiores dificuldades para encontrar alojamento e sobretudo para guardar os animais.

É natural crer que eu tinha experimentado algum embaraço ao chegar perto da Capital do Espírito Santo. Não se havia organizado travessia regular entre a Vila da Vitória, situada numa ilha, e a extremidade do caminho em que eu então me achava.

Vi apenas uma piroga embaixo da colina de cujo topo contemplara a Baía do Espírito Santo e essa piroga estava presa a correntes, com cadeado. Felizmente, o homem que me havia mostrado o caminho quando eu supusera tê-lo errado disse-me que possuía uma barca e consegui que a trouxesse; chegou pouco depois e informou-me que o Capitão-Mor da Vila da Vitória, para quem eu levava carta de recomendação, era o proprietário da grande habitação de Jucutacoara, de que acima falei e que vira ao longe, do alto da colina. Deixando em terra minhas bagagens e conduções, entrei na canoa com o novo guia, para ir à casa do Capitão-Mor. Logo avistei a Vila da Vitória e não demorei a chegar ao outro lado da água. Ao desembarcar, não pude deixar de dispensar alguma atenção aos manguezais que crescem no litoral. Os ramos de algumas plantas não caem para enraizar-se no solo; contudo, a uma altura de cerca de 8 a 10 pés acima da lama, o tronco dá nascimento a raízes que vão procurar o chão e a árvore parece sustentar-se no ar sobre espécies de cordas, obliquamente estendidas. Suponho que essa vegetação singular se deva à umidade com que o mar nutre os troncos, porque as raízes começam no ponto atingido pela água nas marés altas.[19]

A habitação de Jucutacoara, para a qual me dirigira, estava construída na localização mais agradável. Era grande, regular; e erguia-se a meia encosta sobre o monte coberto de erva rasteira. Em frente à casa estende-se um vale cortado por um regato ladeado por montanhas cobertas de mato, a mais notável das quais era a que dá nome à própria habitação.

Grandes rochedos estão dispersos pelo vale. Um engenho e choupanas de negros foram construídas à direita e à esquerda abaixo da residência do dono. Na extremidade do vale, havia uma plantação de cana-de-açúcar, no meio da qual a vista pousa sobre um grupo de elegantes palmeiras;

---

[19] A figura de *Rhizophora mangle* L., publicada pelo célebre Turpin em *Elements de Botanique de Mirbel*, dá ideia bastante precisa da vegetação que procuro descrever aqui. Essa vegetação mereceria ser estudada com todos os seus desenvolvimentos, desde a época em que a planta germina até quando pode reproduzir-se.

vêm a seguir os mangues; mais adiante, divisa-se parte da baía e, além, algumas montanhas que a limitam ao sul.

O rochedo de Jucutacoara, realmente, não é cilíndrico como me havia parecido quando o avistei do alto da colina em cujo cimo havia admirado, pela primeira vez, a Baía do Espírito Santo. Ao norte esse rochedo é cortado a pique, mas, para o sul atira-se num declive acentuado e do lado leste mostra dois amplos buracos arredondados; neles não se tem entrado e, dizem, receberam dos índios o nome que hoje têm.[20]

O proprietário da habitação que acabo de dar a conhecer, o Capitão-Mor Francisco Pinto, recebeu-me muito bem e prometeu alojar-me em sua casa. Sendo já tarde, porém, combinamos que só me mandaria uma barca na manhã do dia seguinte para transportar minha gente e minhas bagagens e que, voltando, eu passaria a noite no lugar chamado Sítio de Santinhos. Notei que o proprietário desse sítio, que apenas possuía um reduto muito pequeno, se achava pouco disposto a acolher-me; contudo, acabou por decidir-se a isso mas fez-me pagar sua tardia complacência, aborrecendo-me, durante meu trabalho, com inesgotável tagarelice. Esse homem revelou-me seu ódio implacável aos botocudos, sentimento partilhado, aliás, pela maioria de seus patrícios e, talvez, por todos.

Os botocudos, disse-me o anfitrião, em meio de suas fastidiosas parlendas, são como os franceses, só gostam da guerra.[21]

---

20 Jucutacoara, sem dúvida, quer dizer buraco da ponta. Com efeito *coara* significa, certamente, buraco, na língua geral, e encontra-se no dicionário dessa língua (*Dic. Port. Bras.*). Jucutu, cutuca, por golpe de uma ponta.

21 Um autor cujas grandes pesquisas merecem fortes elogios, Pizarro, não mostrou para com a nossa nação severidade muito menor que a de seu patrício proprietário do Sítio de Santinhos. Eis, com efeito, como se exprime: "Esse povo (os franceses) teve sempre uma ardente sede de estender o seu império não só sobre as terras recentemente descobertas, mas também sobre aquelas que as nações vizinhas possuem tranquilamente; exações, crueldades inauditas, nada lhe custa, quando se trata do interesse de sua glória e do seu comércio" (*Memórias Históricas,* I, 9). Não podemos deixar de observar que, ao escrever essas frases, Pizarro esquecia que duas ou três páginas abaixo teria que mencionar uma carta de Mem de Sá, em que esse ilustre capitão fala de maneira muito diferente dos franceses que vinha de combater: "O seu chefe (disse) porta-se, com os índios, diferente de nós; para eles é de uma extrema generosidade; faz-lhes exata justiça e pune, com rigor, aqueles dos seus que os maltratem; e ele é singularmente estimado pelos selvagens (16 de junho de 1560)."
Pizarro se esquecia que os portugueses estenderam suas imensas conquistas até a extremidade da Índia; que para fundar o Império do Brasil apoderaram-se de todo o território compreendido entre o antigo Paraguai e a Guiana; que destruíram um grande número de povoados selvagens e que – segundo seus próprios historiadores – se mostraram para os indígenas mais bárbaros que os mesmos bárbaros; esquecia as perseguições aos índios, que os paulistas fizeram e a permanência, tantos anos, desses estabelecimentos na costa da África, que não passavam de horríveis empórios para o comércio dos escravos; as conquistas recentes das

Surpreendi o pobre homem declarando o país em que nasci e ele apressou-se em retratar-se.

No dia seguinte pela manhã, (10 de outubro de 1818) o Capitão-Mor, como me prometera, mandou-me uma barca até o Sítio de Santinhos. Minha bagagem foi transportada para o outro lado da baía e meus burros a atravessaram a nado, fazendo parada numa ponta de terra. Naquele dia e no anterior o calor foi intenso e sofri muito dos nervos. Sentia necessidade de ter rostos sorridentes diante dos olhos, de poder entregar-me, por vezes, a manifestações de confiança e de amizade, e estava reduzido ao triste convívio do pobre Prégent, cujo humor e saúde cada dia mais se alteravam.

Obstinara-me em querer ir ao Rio Doce, mas não posso pensar nessa viagem sem estremecer.

---

Missões no Uruguai e, enfim, as guerras feitas em nossos dias aos colonos espanhóis do Rio de La Plata. Queira Deus que não recaiam sobre Pizarro as suas acusações; pretendemos nós, franceses, retificar os erros; queremos mostrar apenas que estamos longe de ser os únicos culpados; todos os povos da terra poderiam atribuir-se, reciprocamente, recriminações semelhantes, visto que todos têm passado períodos de barbaria. Há mais de um século, os filósofos de todos os países têm feito sentir a injustiça e a vaidade das conquistas; esperamos que, afinal, os povos abjurem inteiramente os preconceitos que datam da infância da sociedade e que, entre si, unidos, não procurem mais a glória senão na civilização, na paz e nas artes.

# Capítulo IV

# A BAÍA DO ESPÍRITO SANTO – VILA DA VITÓRIA – DETALHES SOBRE AGRICULTURA

*Contradição dos autores que têm tomado a Baía do Espírito Santo por embocadura de um grande rio. Descrição dessa baía. Vila da Vitória; sua posição; ruas e casas; praças e fortes; igrejas e conventos; hospitais; Palácio do Governador; administração; população; comércio; comestíveis. Condição da agricultura nas cercanias da Vila da Vitória. A maneira pela qual o Capitão-mor Francisco Pinto dirigia seus escravos. Influência da lua sobre a vegetação. Preparação da terra. Afolhamento. Cultura do algodão. Qualidade e preço. Maneira de extrair as sementes. Tecidos de algodão. Observação geral da cultura do algodão no Brasil; a antiguidade dessa cultura, seus limites e as variedades brasileiras do algodão. Algumas palavras sobre o feijão e a milho. Cultura do arroz. Diferentes espécies.* * *Colheita. Como se pila e se limpa o arroz. Cultura da mandioca. Farinha extraída das raízes dessa planta. De que maneira se come a farinha de mandioca. Os inconvenientes que apresenta a cultura desse vegetal. Observações sobre a história da mandioca e sobre sua variedade de raízes venenosas. Cultura do repolho, linho e trigo. Cavalos, gado e bacorinhos, Picada de serpentes.*

* Diga-se diferentes variedades. A espécie é uma apenas: *Oryza sativa* (M.G.F).

Moderníssimos autores consideraram as águas de Vitória como pertencentes à embocadura de um grande rio, que, segundo dizem, se chamara Rio do Espírito Santo e teria sua nascente nas montanhas vizinhas de Minas Gerais.[1] Mas, realmente, não é assim. Nenhum rio, no sentido que damos a esta palavra, tem o nome de Espírito Santo; a extensão de água assim designada é uma baía verdadeira, como a do Rio de Janeiro ou o Recôncavo da Cidade da Bahia.

A entrada da Baía da Vitória é bastante larga e estende-se desde o Monte Moreno, do lado sul, até a Ponta de Piraé, do lado norte; a parte setentrional tem pouca profundidade; os navios passam por um canal, apenas compreendido entre o Moreno e a ilhota muito plana chamada Ilha do Boi, perto da qual se encontram outras ilhas de diferentes tamanhos. Além da embocadura, a baía se alarga e forma uma bacia irregular, ladeada ao sul pelos Morros de Jaboruna,[2] onde se situa a casa de Santinhos e ao norte pela parte oriental da grande ilha em que a capital da província se instalou.

Umas ilhas menores, cobertas de mato, surgem dessa bacia cercada de todos os lados por morros sempre muito pitorescos, e revestidas de florestas, pastagens e plantas cultivadas. A grande ilha mencionada teria quatro léguas de circunferência, alongava-se por quase toda a extensão da baía e era cultivada em parte.

Ao norte, separa-se do continente apenas por um braço de mar muitíssimo estreito e, vista de certos pontos, confunde-se com a terra firme.[3] Esta tem tido comunicação com a ilha, através de uma ponte de madeira sobre o braço de mar, no lugar chamado Passagem de Maroípe.[4] Outrora, era a grande ilha chamada Ilha de Duarte Lemos;[5] hoje não tem mais nome geral, mas cada uma de suas partes tem denominação particular; assim é que se dá o nome de Jucutacoara, de que já falei algo, à fazenda construída pouco abaixo dela, nos montes vizinhos.

---

1 Cazal, muito mais exato nesse ponto de geografia do que o abade Pizarro, não cita nenhuma ribeira de nome Espírito Santo e exprime-se como segue: "A baía do Espírito Santo é espaçosa... entre as várias torrentes que nela vêm perder-se é só considerável o Rio de Santa Maria (*Corogr.*, II, 62)."

A extensão que os brasileiros dão à palavra *Rio* foi precisamente a causa de muitos erros, pois aplicam-na igualmente a um lago ou a um estreito, às menores ribeiras e aos maiores rios.

2 Terá vindo essa palavra das expressões indígenas Jabirú, espécie de pássaros, e *una*, preto?

3 Daí o erro, sem dúvida, de que a Ilha da Vitória era construída na margem setentrional do Rio do Espírito Santo.

4 Maraape em guarani significa: ignominiosamente.

5 Piz. — *Mem.* Hist., II, 13.

A oeste da larga bacia que acima citei, a baía se estreita e só deixa um canal às embarcações. Este canal de pouca extensão, é defendido ao norte pelo pequeno Forte de São João, erguido na grande ilha, e ao sul é ladeado por um rochedo quase nu e a pique, o qual tem o nome de Pão-de-Açúcar.

Além da embocadura interior que acabo de descrever, a baía, alargando-se de novo, forma belo canal alongado, que se estende um pouco além da Ilha de Duarte Lemos, e termina em uma grande angra, onde aparece lama nas marés baixas e ao sul da qual deságua o Rio Santa Maria.

É do lado norte desse canal e mais ao centro que surge a Vila da Vitória. A Ilha de Penedo, situada na fronteira à vila, não é inteiramente cercada pelas águas da baía; as que a banham pelo sul são de dois regatos, um dos quais é o Arabiri e entre os quais se acha o Paul. A oeste da Ilha de Penedo e na mesma direção vê-se outra, de tamanho menos considerável, chamada Ilha do Príncipe, onde se construiu um depósito de pólvora. Muitos rios se lançam na baía; contudo, excetuado o Santa Maria, têm pouca importância.[6] A Vila da Vitória, como vimos, foi construída a sudoeste da grande ilha chamada outrora "Duarte Lemos", e do lado mais ocidental da baía; ocupa o dorso de uma colina pouco elevada; apoiada ao monte de forma variada, é muito pitoresca e coberta de florestas, entre as quais se mostram rochedos a nu. Do outro lado do canal, o terreno não é montanhoso; vem-se, entretanto, em frente à cidade, algumas colinas onde se percebem rochedos negros entre árvores de escassa vegetação. Por fim, a distância,

---

[6] João de Laet, que escrevia em 1633, descreveu melhor a Baía do Espírito Santo que os autores modernos. Eis, com efeito, como se exprime: "...porém, o porto da cidade, segundo nossos patrícios observaram, assim se apresenta: abre-se em proporcionado seio, o que este continente admite aberto para o oriente em que há algumas ilhotas esparsas; porém, para o lado do norte, recifes e baixios jazem insidiosos aos navegantes; mas, de repente, os que chegam observam primeiramente um monte alto em forma de campainha, ao qual os navegantes dirigem seu rumo; o local está, porém, entre o continente, duas léguas pouco mais ou menos da praia; depois, um pouco próximo das praias de areias, vê-se uma torre branca em um monte a pique, não distante do oceano: é uma igrejinha que os portugueses chamam Nossa Senhora da Penha, fechada por um âmbito murado, onde outrora houve o município, do qual ainda restam algumas casas e hoje chamam esse lugar de Vila Velha, cuja chegada é precedida por enseadas, as quais aperta, ao chegar, uma ilha pequena e oblonga. Daí em diante a navegação é mais fácil e menos perigosa. Aos que chegam, porém, mostra-se primeiramente, do lado direito, uma pedra surgindo do solo à maneira de cone obtuso; depois, pela esquerda, um monte elevado a que os portugueses chamam Pão-de-Açúcar, porque tem essa forma. Dessa região para a direita vê-se um porto largo e um pequeno quadrado edificado, de pequenas casas, e assim finalmente chega-se à mesma cidade construída à direita, com um porto largo a três léguas do alto mar, pouco mais ou menos, e não cortada por nenhum fosso nem muralhas."

divisa-se, a oeste, a cordilheira que se prolonga paralelamente ao mar (Serra do Mar).

As ruas de Vitória são calçadas, porém mal; têm pouca largura, não apresentando qualquer regularidade.

Aqui, entretanto, não se veem casas abandonadas ou semiabandonadas, como na maioria das cidades de Minas Gerais. Dedicados à agricultura, ou a um comércio regularmente estabelecido, os habitantes da Vila da Vitória não estão sujeitos aos mesmos reveses dos cavadores de ouro e não têm motivo para abandonar sua terra natal. Cuidam bem de preparar e embelezar suas casas. Considerável número delas tem um ou dois andares. Algumas têm janelas com vidraças e lindas varandas trabalhadas na Europa. A Vila da Vitória não tem cais; ora as casas se estendem até a baía, ora se vê, na praia, terreno sem construção, que tem sido reservado para embarque de mercadorias. A cidade também é privada de outro tipo de ornato: não possui, por assim dizer, qualquer praça pública, pois a existente diante do palácio é muito pequena, e com muita condescendência é que se chama de praça a encruzilhada enlameada que se prolonga da Igreja de Nossa Senhora da Conceição da Praia até a praia. Há, na Vila da Vitória, algumas fontes públicas, que também não concorrem para embelezar a cidade, mas, pelo menos, fornecem aos habitantes água de excelente qualidade.

Contam-se, na Capital do Espírito Santo, nove igrejas, incluindo-se a dos mosteiros. A igreja paroquial é muito grande, muito limpa e nada apresenta que desperte curiosidade. Desde a expulsão dos jesuítas, os conventos são apenas em número de dois, o das Carmelitas e o de São Francisco, edificados fora ou quase fora da cidade. O Convento de São Francisco, que abrange o panorama de uma parte da baía e as campinas vizinhas, nada tem de notável, salvo sua localização. Quando de minha viagem, havia nele dois religiosos; contudo, embora pequeno, o edifício poderia receber maior número deles; aliás, as receitas dessa casa são pouco ponderáveis.

O Convento do Carmo pareceu-me igual ao dos franciscanos; mas a administração ocupou o pavimento térreo para fazer o quartel dos soldados pedestres. A igreja desse convento é muito limpa e bastante clara, tal como todas do Brasil; é de contristar que a tenham enfeado, colocando em seus altares as imagens mais feias que já vi. Da comunidade do Carmo depende uma belíssima fazenda; mas essa propriedade, disseram-me, é desde longo tempo muito mal administrada; os monges, animados do mesmo espírito da maioria dos brasileiros, só pensam em fazer dinheiro de tudo, destroem as matas e apenas deixarão seus sucessores terras inúteis.

Na Vila da Vitória há um hospital militar e um pequeno hospital civil. Quando de minha viagem, planejara-se reuni-los, desejando-se instalá-los sobre o morro que se eleva a pequena distância da cidade, bem no extremo ocidental da ilha. Seria impossível escolher posição mais favorável, pois os ventos de nordeste desta região é que afastarão, precisamente, da cidade, as emanações nocivas.

Em 1818, os edifícios do projetado hospital já se erguiam a alguns pés do chão, parecendo que iriam ser dignos da nota.

O mais belo adorno da capital do Espírito Santo é, sem contestação, o antigo convento dos jesuítas, hoje Palácio do Governador, situado no extremo da cidade. Edifício de um andar, é quase quadrado, tendo num dos lados vista para o mar, e a fachada voltada para a cidade, dando sobre pequena praça, em frente a uma igreja, a da Misericórdia; essa fachada tem cerca de cinquenta pés de comprimento, e cada um dos dois lados perto de 60. Diante da parte que dá para o mar, há uma espécie de terraço coberto de grama ao qual se chegava, vindo da baía, por uma escadaria ladeada por duas filas de palmeiras.

Um *Artocarpus* e uma *Manjifera,** plantados à direita da escadaria e bem entrelaçados, contrastam com a simplicidade elegante das palmeiras, por sua espessa folhagem e por seus numerosos ramos. A igreja do palácio, ou dos jesuítas, tem a fachada compreendida na do próprio palácio. Essa igreja é grande, mas nada mostra de notável.[7]

---

* *Artocarpus* é o gênero de plantas (família das Moráceas) à qual pertence a jaqueira (*Artocarpus integrifolia; Mangifera* é a mangueira, *Mangifera indica,* da família das Anacardiáceas (M. G. F.) .

7 Quando os jesuítas se retiraram da Província do Espírito Santo, deixaram toda a prataria de suas igrejas, mas não foi encontrado numerário em seus conventos. Eis um fato que me foi narrado por um cura, que me pareceu ser homem honesto e verdadeiro. Esse clérigo cavava perto de um edifício, quando um índio velho veio dizer-lhe com mistério que não devia cavar mais, porque ali havia cousas escondidas. O cura fez então o homem entrar em sua casa, deu-lhe aguardente e incitou-o a falar e o índio acabou por dizer-lhe que, se cavasse num certo lugar que designou de modo preciso e que o padre me indicou, acharia uma chave; pelo conhecimento que tinha do local julgou o cura que a descoberta de algum tesouro escondido pelos jesuítas traria perseguidores à região; fez parar as escavações e repôs as cousas no estado primitivo. O índio velho, que sem dúvida estava ligado ao segredo por algum juramento, arrependendo-se de ter sido infiel, desapareceu para sempre.

Nela foi sepultado José de Anchieta, o benfeitor mais ardente e generoso dos Índios do Brasil; morreu em 9 de junho de 1597, na Aldeia de Reritiba.[8]

A Vila da Vitória é cabeça de comarca de uma paróquia muito considerável e o centro da jurisdição do Ouvidor encarregado de distribuir justiça em toda a província. Quanto ao termo da Vila da Vitória, em particular, é submetido à autoridade de dois juízes ordinários; esses magistrados, como de costume, são escolhidos entre os habitantes da região; mas a dependência em que os governadores têm por hábito mantê-los impede que os homens mais notáveis aceitem o cargo. Aqui, como em outras partes,[9] a duração das funções de juízes ordinários não vai além de um ano; as eleições, na verdade, só se processam de três em três anos, mas elegem-se seis juízes ao mesmo tempo. Além dos juízes ordinários, é eleito na Vila da Vitória, um juiz dos órfãos, que permanece em exercício durante os três anos.

A população de Vitória subia, em 1818, a 4.245 habitantes, dos quais cerca de 1/3 de escravos e pouco mais de 1/4 de brancos.

Um quadro estatístico no meu *Viagem às Nascentes do Rio São Francisco* mostrará com detalhes qual é aqui a proporção das diferentes raças entre si, e qual é, nas diversas raças, a proporção dos indivíduos por diferentes idades. Tudo que foi dito até agora prova que a Vila da Vitória é situada vantajosamente para o comércio; todavia, os negociantes desta vila apenas imperfeitamente tiram vantagens de sua favorável posição. Fragatas com pequena carga podem entrar na Baía do Espírito Santo; mas nunca se veem embarcações mais notáveis do que lanchas e sumacas.

Se, de resto, os moradores desta região se limitam à mais insignificante cabotagem, deve-se isto em parte, pode-se dizer, ao insucesso da única expedição que fizeram nestes últimos tempos.

O Governador Tovar, usando seu tirânico poder, forçara os principais proprietários a consignarem açúcar a uma firma de Lisboa, de que se suspeitou fosse ele sócio. Nada se recebeu do que se mandou e a lembrança desse infausto negócio ainda está presente no espírito dos comerciantes pouco esclarecidos da Vila da Vitória, contribuindo para impedir que saiam da rotina.

---

8 Diz *Mem.* Hist., II, 20.

9 Ver o volume 4 desta coleção pág. 343.

Por menos que tenham possibilidade, fazem anualmente viagem à Bahia, ou ao Rio de Janeiro; abastecem-se e procuram sortir bem suas lojas. Não se estendem além disso suas ideias. Há, em geral, uma diferença de 30 a 50% entre os preços do Rio de Janeiro e os da Vila da Vitória.

Ferro em barra e instrumentos agrícolas são os artigos que encontram aqui mais fácil consumo. O que esta região fornece à Bahia é milho, arroz e feijão; remetem-se os mesmos gêneros ao Rio de Janeiro, além de açúcar, madeira e algodão. Logo, que isto se tenha efetuado em outros postos pequenos, os proprietários ricos despacham seus gêneros por conta própria para o Rio de Janeiro ou para a Bahia, transportando-os mesmo alguns em embarcações que lhes pertencem; mas os colonos menos abastados vendem o produto da sua colheita aos negociantes da região.

Tais vendas se fazem a dinheiro, ou como em Campos: o agricultor toma a crédito, na casa do comerciante, as mercadorias de que necessita, e, após, dá quitação com o produto de suas colheitas. É muito raro virem à Vila da Vitória negociantes de fora. Pouco antes da minha viagem, entrou na baía desta vila um navio de Lisboa, o que foi considerado acontecimento extraordinário. O proprietário desse navio tinha vendido no Rio de Janeiro uma partida de suas mercadorias, pelo que empreendeu a marcha de volta, vindo em seguida à Vila da Vitória; depois de se haver desfeito do restante de sua carga, que constava principalmente de enxadas, machadinhas e outros instrumentos de ferro, completou seu lastro com açúcar e algodão. É fácil observar que a população da Província do Espírito Santo é fraca porque tais operações são extremamente morosas.

Não há na Vila da Vitória qualquer negócio público.

O estorvo de atravessar a água faz com que, dos arredores, se tragam à vila poucos legumes e outras provisões; também as pessoas que nada tem senão choças, cuidam apenas dos alimentos indispensáveis à vida.

Em verdade, abatem-se bovinos duas vezes por semana na Vila da Vitória, mas isto não se faz em maior número por ser desnecessário ao consumo dos moradores.

Depois de haver dado uma ideia da situação do comércio na vila capital da Província do Espírito Santo, seria útil tornar conhecida a maneira de se cultivarem nessa região as plantas que fazem sua riqueza.

Para colher informações exatas sobre as práticas em uso entre colonos, eu não poderia estar melhor colocado do que em casa do Capitão-mor Francisco Pinto, homem inteligente e bom agricultor. Herdeiro do conhecimento dos métodos que os jesuítas introduziram na administração de suas terras, o Senhor Pinto tratava seus negros com humanidade.[10]

Tinha o cuidado de uni-los e, por sábias medidas, conservava as crianças junto de suas mães.

Enquanto seguidamente seus vizinhos se punham com esmero a fazer, a qualquer preço, um pouco de açúcar no máximo, o Senhor Pinto cultivava o algodão, assim como a cana, e por sua parte, podia dar trabalho a seus escravos sem os forçar, no campo, sob um sol requeimante.

Até transcorrer um ano, cada mãe ficava em casa tecendo algodão e amamentando o filho recém-nascido.

Passo aos pormenores que havia anunciado. Os agricultores da Vila da Vitória creem muito na influência da lua. Têm o cuidado de plantar no minguante todos os vegetais de raiz alimentícia, como os carás (*Dioscorea*), * as batatas, a mandioca e, ao contrário, plantam durante a lua nova a cana-de-açúcar, o milho, o arroz, o feijão.

Têm, igualmente, o cuidado de fazer as derrubadas no minguante e imaginam que, feitas em outra época, serão bem cedo atacadas pelos vermes, não tardando a apodrecer. O Senhor Pinto me disse que, tão logo se pôs à frente de sua propriedade, começou a discutir essas afirmativas de preconceitos, mas a experiência o havia forçado a voltar aos costumes comuns.[11]

---

[10] Se minha memória é fiel, o senhor Capitão-mor Francisco Pinto herdou sua fazenda de um tio e lhe devia a tradição da administração dos jesuítas.

* O gênero *Dioacorea* abrange diversas espécies que produzem raízes tuberosas, comestíveis, como *Dioscorea batatas* e *Dioscorea discolor* (M. G. F.).

[11] Ideias desse gênero foram, sem dúvida, trazidas para a América pelos agricultores europeus, aplicadas às plantas, objeto de seus novos cuidados. Entretanto, deve-se observar que, segundo o padre Dutertre (Hist. Nat. Ant., II, 114), tem-se, nas Antilhas como no Brasil, o cuidado de observar o minguante da lua para plantar mandioca; e os habitantes das Antilhas não têm, que eu saiba, relação direta com brasileiros. Como quer que seja, a crença na influência da lua, generalizada entre os agricultores, tem sido combatida pelos agrônomos versados em agricultura e sábios naturalistas. Lanquinterie, Nardman, Buffon, Reaumur, Reichart, Hartenfels (veja-se Olbers, "Da influência da lua no Calendário de 1832") e no concernente aos bosques, em particular, Duhamet fez uma sequência de experiências habilmente combinadas, da qual o resultado de tende a contrariar a opinião que têm em geral os lenhadores e os proprietários de florestas sobre a atuação da lua (veja-se *Exploração das madeiras*, 1, 380, 93). Ninguém quer adotar, embora estribado, uma doutrina professada por homens célebres e apoiada em fatos e raciocínios; não dissimularemos, entretanto, que certos sábios não são favoráveis às ideias dos camponeses de todos os países sobre a força da lua e pensamos que é lícito desejar experiências melhores.

Quer tenha sido um campo antigamente cultivado, quer a cultura suceda imediatamente à queimada de uma mata virgem, tem-se tido, sempre, a preocupação de aprestar o terreno antes de nele plantar feijão ou milho, e soube-se que esses vegetais davam pouco quando se deixava de preparar o solo. Quanto à mandioca, pode-se plantá-la em terreno virgem, sem fazer qualquer preparo da terra. Durante minha segunda estada, no mês de novembro, em casa do Capitão-mor Pinto, vi negros plantarem mandioca num terreno antes coberto de capoeiras.

Após a primeira colheita, que, conforme o costume, foi feita ao termo de 18 meses, deviam plantar mandioca no mesmo terreno. Pensavam, após isso, plantar, duas vezes em seguida, milho e feijão, com cana, que aqui dá três cortes. Finalmente, quando a terra haja assim produzido, sem ser adubada, durante nove anos consecutivos, deixam-na descansar por cinco anos, para fazerem nela, a seguir, novas plantações.

Os agricultores que não possuem terreno muito extenso, apenas dão às suas terras dois anos de descanso. Os pobres, mesmo, não deixam as suas repousarem, mas sente-se que acabarão por exauri-las. Dividem suas propriedades em três partes, todas elas plantadas de algodão e, como esse vegetal produz três anos seguidos, ajeitam as cousas de modo a ter sempre duas partes em novedio e uma terceira recentemente plantada, na qual fazem vir, com o algodão, feijão e milho, plantas que progridem mal no meio do algodão, cujas raízes se tornam robustas.

Se o algodão não entrava no afolhamento a que o Capitão-mor submetia o campo em que vi seus escravos plantarem mandioca, era porque, durante grande número de anos, ficara sem cultivo essa parte de sua propriedade e os terrenos novos não convêm muito aos algodões. Após os cinco anos de descanso que deviam, conforme disse, seguir-se aos nove anos de produção, plantar-se-á algodão e essa cultura será substituída por duas plantações de cana, de 3 anos cada qual.[12]

O arroz, a mandioca, a cana e o algodão são as plantas com que mais se ocupam os colonos da Província do Espírito Santo, em especial os da Vila da Vitória.

Plantam-se ou semeiam-se os caroços de algodão após as primeiras chuvas, isto é, nos meses de setembro, outubro e novembro, dependendo de ser a estação das águas mais ou menos prolongada.

---

[12] Vê-se, de acordo com o que disse aqui, que cometi grave falta de atenção quando, levado pela redação rápida da "Exposição da Minha Viagem", publicada nas *Memórias do Museu* (volume IX), disse que somente em Campos havia achado uma fraca percepção do sistema regular do afolhamento.

Os agricultores experientes semeiam o algodão em vez de plantá-lo porque, por esse sistema, os brotos adquirem maior robustez quando nascem de grãos postos juntos na mesma cova e porque, no meio de grande número de pés, sempre alguns escapam aos danos das formigas.

Quando se segue esse método, limpa-se a terra ao cabo de três meses,[13] e então se arrancam os pés supérfluos. Os que preferem plantar o algodão, fazem covas e lançam em cada urna, um punhado de sementes.

Quanto mais fértil for o terreno, mais ficam afastadas as covas, porque, nas terras boas, o algodão se expande mais; entretanto, em geral, deixa-se entre as cavidades uma distância de seis palmos.

No mês de janeiro, dá-se um reparo com enxada, à terra e apenas se conservam dois ou três algodoeiros que nascem em cada cavidade. A colheita vai do mês de junho até o de outubro. Como em Minas, deixam-se abrir as cápsulas nas hastes e delas se extraem flocos de algodão. Quebram-nos imediatamente após a colheita, no chão; ou no mês de janeiro, quando se prepara a terra. Os mesmos algodoeiros produzem dois ou três anos seguidos. O algodão do Espírito Santo, de qualidade muito inferior ao de Minas Novas, vendia-se, quase na época da minha viagem, a 1120 réis a arroba, com sementes. Para separar o algodão do caroço, usa-se aqui uma pequena máquina de dois cilindros, usada também na Província de Minas Gerais e da qual fiz a descrição em outra parte.[14]

Uma arroba de algodão com caroço dá 8 libras de algodão lavado. Duas mulheres, trabalhando durante um dia, podem separar uma arroba dos caroços e por isso se apuram 240 réis.

---

13 Num precioso artigo sobre a cultura do algodão no Maranhão, Spix e Martius citam a erva-de-são-caetano como uma das ervas más que nas plantações de algodão, e, sob o nome de *Momordica macropetala*, fazem dessa Cucurbitácea uma espécie nova (*Reis*., 826). Não é absolutamente impossível que a erva-de-são-caetano do Maranhão seja diferente da planta que é conhecida pelo mesmo nome no Sul do Brasil; porém, esta última é certamente a *Momordim senegalensis* Lam., do que me convenci pela comparação dos meus espécimes brasileiros com os da M. *senegalensis,* trazidos da África por Perrott (veja-se meu quadro da vegetação primitiva da Província de Minas Gerais nos "*Anais das Ciências Naturais*", volume XXIV, 64). O que me levaria a crer na identidade da Cucurbitácea de Spix e Martius com *Momordica senegalensis* é não somente o nome de erva-de-são-caetano, que recebeu com este último, mas, também o de *macropetalas*, que os sábios bávaros dão à sua espécie; pois as grandes pétalas contribuem para caracterizar a M. *senegalensis*. Já publiquei observações sobre esta última, ou erva-de-são-caetano, na minha *Memória* sobre as Cucurbitáceas, pág. 31, ou *Memórias do Museu.*

14 Ver o volume 4 desta coleção, pág. 172.

Os habitantes do Espírito Santo não só vendem quantidades consideráveis de algodão em rama, como também remetem para o Rio de Janeiro muito em tecido.

Também se faz, na Província do Espírito Santo, um tecido grosso, branco, de algodão, semelhante ao de Minas Gerais; uma parte desse tecido é despachado para a Capital do Brasil, e para outros portos; o resto serve na região para fazer as camisas e as calças dos escravos. Os proprietários que têm certo recurso, mandam fabricar tecido mais fino. Algumas pessoas plantavam aqui o algodão de fibra amarela; no entanto, como não procuravam seus produtos, hoje cultivam-no somente para misturá-lo em uma espécie de tecido encorpado e sólido que os agricultores fabricam para o uso de sua família e que não sai da região.[15]

---

15 Os viajantes mais antigos viram o uso do algodão difundido entre os indígenas da costa. Os tupinambás e outras tribus da sub-raça tupi denominavam esse vegetal de *amamiú* (Dic. Port. Bras., 9) e o empregavam na confecção de cordas, de redes e mesmo de uma espécie de camisas e faixa (Hans Staden in th. Ri., I). Hoje a cultura do algodão se estende desde a fronteira setentrional do Império Brasileiro até cerca de 30º2', lat. Sul e, por consequência, muito mais longe que a Serra das Furnas, indicada, por inadvertência, como limite absoluto na *Flora Brasilia Meridionalis,* I, pág. 254. Se, como eu havia dito noutra parte (veja-se meu 1.º relato, II, pág. 107) é difícil que não exista, numa extensão de terreno tão imenso, quantidade de espécies de variedades diferentes de algodoeiros, e igualmente que, segundo as localidades e, sobretudo, a distância do Equador, não se cuide de introduzir diferenças na cultura desta planta. O brasileiro que se desse à útil empresa de realizar uma monografia geral dos algodoeiros de seu país acharia, nos meus escritos, detalhes sobre a cultura dessa árvore nos arredores de São João Del Rei, Peçanha e Minas Novas, sobre a maneira de tratar os algodoeiros nas vizinhanças do Rio das Contas, Província dos Ilhéus, no pequeno tratado de José de Sá Bittencourt, intitulado *Memória sobre a plantação de algodoeiros*, etc.; a obra de Arruda, que tem por título *Memória sobre a plantação de algodoeiros,* lhe fornecerá informações sobre essa cultura em Pernambuco; enfim, poderá consultar, com o maior proveito, o interessante artigo que os senhores Spix e Martius inseriram sobre o algodão do Maranhão em *Reise in Brasilien,* pág. 814. Observe-se que José de Sá Bittencourt seguiu, para distinguir os algodões do Brasil, pouco mais ou menos os princípios que Rohr adotou depois. Veja-se, em poucas palavras, de maneira ele caracteriza as sete espécies de que fez menção:
1.º) O algodão do Maranhão tem sementes aglutinadas e negras, de que o todo é alongado.
2.º) O algodão vulgar tem sementes aglutinadas e negras, de que o todo é meio prolongado como na espécie precedente e do qual a li é mais frágil.
3.º) O algodão tem sementes aglutinadas cobertas de uma subpenugem parda.
4.º) O algodão tem sementes aglutinadas cobertas de penugem verde.
5.º) O algodão tem sementes aglutinadas, tem lã parda ou preta.
6.º) O algodão da Índia tem sementes separadas, cobertas por uma penugem e flores cor de fogo.
7.º) O algodão da Índia tem sementes separadas e negras, sem penugem.
Além dessas variedades, todas de cultivo, José de Sá indica ainda duas espécies selvagens que crescem, disse ele, nas caatingas do Rio das Contas e que, sem dúvida, eram daquelas que os índios aproveitavam. Essas espécies, conclui Sá, assemelham-se aos algodoeiros ditos da Índia; mas sua lã é parda e rústica.

Pode-se, junto, com o algodão, plantar milho e feijão, mas, somente no primeiro ano; mais tarde, esses vegetais seriam absorvidos pelos novedios vigorosos dos algodoeiros, o que não ocorre entre as socas de canas-de-açúcar, que se elevam sem estender-se.

Sacham-se o feijão e o milho um mês depois de serem plantados e, fazendo-se essa operação deve-se ter o cuidado de chegar terra aos brotos a fim de preservá-los dos ventos, que nesta região são frequentemente muito violentos.[16]

Antes do governo do Marquês do Lavradio, o arroz, sobrecarregado de impostos, era pouco cultivado na Província do Rio de Janeiro[17] e parece que o mesmo acontecia no norte do Brasil, porque em 1768 o Maranhão só exportava 283 arrobas desse cereal, ao passo que atualmente tem exportado 284.721 arrobas.[18] O arroz é igualmente, na Província do Espírito Santo, artigo de exportação. Não se cultiva aqui, como em Minas, a variedade guarnecida de pendão; das duas variedades que se conhecem nesta região, todavia, uma tem o grão de cor branca e é plantada de modo geral, a outra tem o grão vermelho e trás o nome de arroz vermelho; vende-se com dificuldade e é usada apenas para enfermos.

Essas duas variedades se cultivavam unicamente em terrenos alagadiços, mas aqui não é mister dispensar aos arrosais cuidados como no Piemonte e nas Índias; fazem-se com enxada buracos pouco fundos, separados de cerca de palmo e meio, e neles se lança um punhado de sementes.[19] É preciso defender as plantas até que os grãos brotem, por haver uma turba de passarinhos que os comem, particularmente os das espécies conhecidas na região pelos nomes de guaxi ou icovaso, paparroz e grumará. As pessoas que não têm recursos pecuniários para resguardar seus campos, atiram as sementes em covas mais fundas, feitas com piquete, onde os pássaros têm dificuldade em ir buscá-los; mas, logo que se adotou esse método, os arrozais nasceram muito próximos e se prejudicaram mutuamente.

É no mês de setembro, um pouco antes da estação das águas, que se planta o arroz; é sachado quase mês e meio depois, e a colheita se faz em fevereiro. Neste trabalho, corta-se a haste logo abaixo da espiga,

---

16 Dei, em *Viagem pelas Províncias do Rio de Janeiro e Minas Gerais*, os detalhes sobre a cultura do milho, no que diz respeito à origem dessa planta.

17 Piz. — *Mem*. Hist., VII, 98.

18 Spix e Martius, Reis, 874.

19 O Sr. Martius diz que no Maranhão só se plantam três sementes em cada buraco.

usando uma faca ou um pedaço de pau cortante, e se abandona a palha.[20] As espigas são batidas com longas varas; em seguida, expõe-se o grão ao sol durante um dia ou meio dia e ele é pilado. Tem-se o cuidado de não deixar o grão muito tempo ao sol porque, secando-se mais do que o necessário, quebra-se na pilagem. De outro modo, para verificar o grau preciso de secagem, toma-se pequena quantidade dele, que se põe numa mesa; tem-se o costume, bastante excêntrico, de passar-lhe por cima um sapato e quando, por essa operação, os envoltórios se separam sem dificuldade, começa-se a pilar. Em um dia, uma negra pode, com o pilão, separar dos invólucros um alqueire de arroz e, um negro, a quantidade de um alqueire e meio a dois alqueires. Pagam-se 160 réis por alqueire, quando não se empregam escravos próprios. O Capitão-mor Francisco Pinto construíra uma espécie de moinho que movimentava vários pilões ao mesmo tempo; mas obrigado, por falta de uma cascata, a servir-se de bois para pôr a máquina em movimento, acabou por achar mais econômico fazer pilar seu arroz por suas escravas. Dava-lhes por empreitada pilar um alqueire por dia; costumeiramente terminavam às duas horas da tarde e a seguir descansavam. Sendo esse trabalho muito fatigante, o Senhor Pinto não obrigava uma mesma negra a pilar durante dois dias seguidos. Quando a pilagem se conclui, limpa-se o arroz por meio de uma peneira feita de palha e quase chata, que pode ter 2 ½ a 3 palmos de diâmetro. Finalmente, por meio de peneira, separam-se os grãos inteiros dos que foram partidos pelo pilão. Calcula-se que aqui o arroz é produzido de 100 a 110 por 1.

Não devo esquecer de dizer que depois da colheita, pisa-se a palha sob os pés para quebrá-la.

A raiz produz logo rebentos e, no mês de maio seguinte, faz-se 2ª colheita[21] que dá um terço da precedente. Novos rebentos sucedem-se aos primeiros; contudo, como renderiam pouco, não se permite que cresçam, deixando-se a plantação ao gado, muito ávido pela palha do arroz.

A mandioca não é menos cultivada que esse cereal pelos habitantes do Espírito Santo. Tal como disse, assisti, no mês de novembro de 1818, à plantação da mandioca numa parte dos domínios do Capitão-mor.

---

20 Isso que escreveram os senhores Spix e Martius sobre a maneira de cortar arroz no Maranhão prova que se seguiu o mesmo método na Província do Espírito Santo (Reis, 874 – Agrost., 560) e provavelmente é o mesmo por todo o Brasil. Viu-se no primeiro relato (I, 391) que também em Minas o trigo se corta abaixo da espiga.

21 Os senhores Spix e Martius dizem também que no Maranhão deixam perder-se a palha do arroz e que os mesmos pés dão duas colheitas (Reis, 874).

A terra havia ficado por muito tempo coberta de capoeiras e podia, sob vários pontos de vista, ser considerada virgem. Começara-se, segundo o costume, por derrubar e queimar as matas. Na véspera do dia de plantação, preparou-se o terreno com enxada. No momento de plantar, os negros fizeram no campo largos buracos, pouco fundos e oblíquos, dando uma enxadada, puxando a terra e virando-a na extremidade do buraco. O feitor tinha perto de si pacotes de talos de mandioca (maniba), cujas folhas e ramos haviam sido retirados, e cortava cada haste em pedaços de 5 a 8 polegadas. Negras os pegavam e enfiavam obliquamente na terra que, como disse, havia sido levantada para a extremidade dos buracos.

Ao fim de 3 meses, limpava-se o solo, arrancando-se com a mão as ervas daninhas e, de 3 em 3 meses, se repetia o mesmo trabalho, até a ocasião da colheita, que é costume fazer 18 meses após a plantação.

Ao termo de um ano pode-se arrancar as raízes,[22] mas então elas contêm ainda muita água. Não se usa enxada para limpar os campos onde se haja plantado mandioca, porque as raízes desta planta são pouco profundas e sabe-se que rachaduras, mesmo as mais leves, as fazem apodrecer. Para fazer as estacas tem-se cuidado em só usar ramos que tenham pelo menos um ano.

Eis de que maneira tenho visto preparar a farinha de mandioca na Província do Espírito Santo. Os negros começam por tirar a casca das raízes com uma faca e depois as passam num ralador. Este ralador é de latão e cobre a volta de uma grande roda móvel, em estreita mesa. O negro gira a roda por meio de uma manivela, e durante esse tempo apresenta as raízes ao raspador, apoiando-o na mesa. Debaixo da roda há um aparador onde a polpa cai. Esta é comprimida a princípio com as mãos; em seguida, para acabar de fazer sair o líquido venenoso que a mandioca contém, como todos sabem, colocam-na numa peneira feita de uma espécie de palmeira, que chamam tipití.[23]

A extremidade superior da peneira é presa no soalho, a outra a um cabrestante; este gira e por esse modo espicha a rede, que, agindo sobre a polpa, força o resto da água a sair.[24] A polpa, em seguida, é posta a secar

[22] Viu-se que em Benevente, onde a terra é muito boa, se podia arrancar a mandioca ao fim de seis meses; mas essa precocidade, creio, deve ser considerada como exceção.

[23] Hans Staden, que visitou o Brasil antes de 1550, disse que então os selvagens se serviam, para espremer a polpa da mandioca, de um engenho chamado tipiti, feito de folhas de palmeira (*Hist. Bras. in Th. Bru,* I, 109).

[24] Não quero dizer com isso que não haja na Província do Espírito Santo colonos que se sirvam de prensa; conto o que se praticava no lugar em que vi fazer farinha de mandioca. Não posso

em cima de um forno, numa caldeira de terracota, de orla muito baixa e fundo muito raso, onde ela se espalha sem interrupção. A maior parte das caldeiras para mandioca empregadas nos arredores da Vila da Vitória e provavelmente em toda a província vem da Bahia; entretanto, fabricam-se também num lugar chamado Goiabeira, próximo da Capital do Espírito Santo. Essas caldeiras variam um pouco de tamanho, mas, em geral, têm 3 ½ pés ingleses de diâmetro, uma polegada de espessura e quatro de altura.[25]

A farinha de mandioca e a de tapioca são por demais conhecidas para que me alongue muito sobre uso. Os luso-brasileiros chamam-na farinha de mandioca, ou de pau.[26]

É misturada ao feijão e a outros pratos a que se costuma juntar molhos e, quando a comem com alimentos secos, lançam-na à boca com uma destreza adquirida, na origem, dos indígenas e que ao europeu muito custa imitar.

Não posso deixar de considerar a farinha de mandioca inferior à de milho, empregada da mesma forma pelos mineiros,[27] mas há luso-brasileiros que preferem a primeira à segunda e acham mesmo que, misturada a certas substâncias alimentícias, é mais agradável que o pão de trigo. Seja como for, deve-se desejar que os brasileiros diminuam o consumo da mandioca em seu país, pois parece que essa planta gosta dos terrenos novos e, pelo menos em certos distritos, ela exaure o solo; consequentemente, sua cultura deve acelerar a destruição das florestas. O padre João Daniel mostrou o quanto a cultura da mandioca é prejudicial aos habitantes das margens do Orellana, ou Rio das Amazonas e José de Sá Bittencourt disse que, já em 1798, os habitantes do termo da Vila de Camamu, Província dos Ilhéus, se achavam reduzidos a miséria extrema, porque a mandioca não podia mais progredir na sua região, despojada de matas virgens, que havia outrora com abundância.[28]

---

também assegurar que haja seguido a série de todos os processos aqui detalhados; mas, os que não foram vistos, me foram relatados nos locais.

25 Há no Brasil lugares em que se usam caldeiras de latão.

26 Outrora o nome de farinha de pau não se aplicava à farinha de mandioca. Designava outra espécie de farinha feita, por falta da primeira, triturando as hastes da palmeira chamada urucuruba (Veja-se Marcg., *Hist. Nat. Bras.*, 204 e Southey. *Hist.*, I, 233). Com o tempo, o nome farinha de pau ficou sinônimo de farinha de mandioca, e o uso de fazer farinha com o pau da urucuruba desapareceu completamente; pelo nome, nunca mais ouvi falar dessa farinha e parece que Koster (Veja-se *Voyages Sept. Bres.*, Trad. Jai, II, 277). que morou no norte do Brasil, dela não ouviu falar mais do que isso.

27 Ver o volume 4 desta Coleção pág. 96.

28 É incontestável que, antes da chegada dos europeus ao Brasil, os índios da subraça tupi conheciam o uso e a cultura da mandioca e, por conseguinte, conforme observou o senhor

Não poderia, sem afastar-me de meu plano, referir-me com minúcias a todos os vegetais de grande e pequena cultura que são objeto dos cuidados colonos do Espírito Santo. Entretanto, algumas palavras direi do repolho, porque o modo pelo qual se multiplica prova qual é, sob este clima feliz, o poder da vegetação. Aqui, como noutras partes do Brasil, essa planta não se semeia, mas propaga-se por si. Quando se corta a cabeça do repolho, nascem brotos ao redor do pé; deixando embaixo de cada, um pedacinho do tronco; enfiam o pedacinho de pé na terra e de cada broto logo nasce um novo repolho, capaz de perpetuar a espécie do mesmo modo. Ao chegar o Rei D. João VI ao Brasil, deram-se ordens aos agricultores das cercanias da Vila da Vitória para plantarem trigo e linho, distribuindo-lhes sementes. Mas em geral se dedicaram com pouca vontade a esse ensaio, que pouco resultado teve. Entretanto, como esse resultado não foi de todo nulo, é de crer que, se fizessem novas

---

Moreau de Jonnes (*Hist. da Academia de Ciências,* 1824), Reynal se tinha enganado quando disse que a mandioca foi trazida das Antilhas pelos negros escravos. Entretanto, os índios do Brasil não consideravam a mandioca exótica em seu país; acreditavam que fora trazida por um velho de barbas longas, chamado Zomé ou Tzomé, vindo de leste e que havia lançado entre eles algumas sementes de civilização e indústria; tradição que confirma plenamente minha opinião sobre a origem ao mesmo tempo mongólica e caucásica dos índios do Brasil, ou de parte deles. As práticas hoje em uso entre os luso-brasileiros para o cultivo e preparação da mandioca, remontam a longa antiguidade, porque não têm, essencialmente, diferença das que os índios seguiam. Os que querem ter ideia mais completa da história da mandioca entre os brasileiros farão bem em consultar Southey, que a extraiu de antigos autores (*Hist. do Bras.*, I, 229), P. Vasconcellos (Notícias Curiosas); Pison (*Hist. Nat. do Brasil*, 65) ; Koster (*Voyage Sept. Brés.*, trad. Jai, II, 275) ; e por fim o infortunado padre João Daniel, que quis ainda tornar-se útil durante seu cativeiro, escrevendo o resultado de suas longas observações (Quinta parte do tesouro descoberto no Rio das Amazonas, II, 27). Pondo aqui Southey no número dos principais autores que têm escrito sobre o cultivo e os usos da mandioca entre os brasileiros, creio ser de meu dever relatar uma falta de atenção que escapou a esse estimado e laborioso historiador. Suspeita ele que a mandioca não venenosa é cultivada pelos brasileiros, mas acrescenta que nenhum escritor fizera menção disso. Lery, que estava no Brasil em 1547, disse que a raiz do aipim (nome conservado para a mandioca doce) come-se assada na brasa e que tem o gosto de castanha, enquanto que a outra variedade não podia ser considerada alimento sem maior perigo, se não fosse reduzida a farinha (*Voyage* ed. 1578. pág. 136). Parece-me assim que a mandioca doce era, como a venenosa, conhecida dos selvagens do Brasil antes da chegada dos europeus. Longe de ser Lery o único que falou da mandioca doce, o padre A. Ruiz de Montoya, que escrevia em 1637, afirmou (Thes. Leng. guard. 24 bis) que a palavra aipim quer dizer em guarani uma espécie de mandioca doce; segundo Pison (*Hist. Nat.*, 117), a mandioca macaxeira come-se assada no fogo, sem nenhuma preparação; enfim, Marcgrav disse que todas as espécies de mandiocas comidas cruas são mortais, exceto o aipim macaxeira, que é agradável assado na brasa, Embora muito raro, a mandioca doce era também comida nas Antilhas, no tempo do padre Dutertre, que escrevia em 1667: assava-se, então, toda inteira, como as batatas, sem espremer-lhe o suco e chamavam-na *kamanioc* (*Hist. Nat. Ant.*, 114); por fim, Aublet elogia o *camagnoc* e diz que se come no Oiapoque sem ser espremido nem reduzido a farinha (Lery, II, *Mem.*, 66).

experiências e se procurassem principalmente a época mais favorável para as plantações, poderiam ser recompensados por algum êxito.

Não há grandes pastagens na Província do Espírito Santo e, portanto, não se pode criar nela muitos cavalos e gado. Em toda a província, o transporte de mercadorias se faz por terra; não se conhece outro veículo além das barcas e das pirogas. Não é, por isso, surpreendente que não se vejam em nenhuma parte burros, e os meus foram, por vezes, objeto de curiosidade das crianças. Só se usam cavalos e, como não é costume carregar esses animais e as albardas são muito mal feitas, o cavalo que, extraordinariamente, carrega uma carga até um pouco longe, chega quase sempre ferido. Enquanto em Minas Gerais os mais pobres criam porcos, os agricultores do Espírito Santo desleixam quase completamente esse gênero de criação e se justificam alegando que esses animais destroem as plantações de mandioca.

É verdade que os bacorinhos causam muito dano a essas plantações, quando nelas penetram; no entanto, com menos preguiça, os colonos poderiam cercar os seus campos e defendê-los.

Poderia parecer que os agricultores do Espírito Santo têm inimigos temíveis nos répteis; pois, o senhor Capitão-mor Francisco Pinto disse-me que, desde que possuía sua fazenda, quatorze de seus negros foram mordidos por serpentes venenosas; porém, à exceção de um só, curou todos os seus doentes. Eis o remédio de que fazia uso: no momento em que o homem era picado, fazia-o engolir um punhado de pólvora misturada com o sumo de três ou quatro limões. Em seguida, dava-lhe, por três vezes diferentes, durante o dia, uma taça de cozimento feito com raízes das 3 plantas seguintes: a *Aristolochia*, chamada milhomens; jarro, outra *Aristolochia* e a batata de junça, erva de brejo cujas raízes trepadeiras produzem, de distância a distancia, tuberosidades e que, segundo a descrição que me fizeram, deve ser uma Juncácea ou uma Ciperácea. Os senhor Pinto tinha o cuidado, também, de esfregar a ferida com a mesma solução a que se juntam, caso se queira, raízes do taririquim, ou fedegoso-do-mato, espécie de *Cassia* que, se não me engano, tem em geral as mesmas propriedades do C. *occidentalis* L.

## Capítulo V

# A MONTANHA DE MESTRE ALVO – A VILA DE ALMEIDA E OS ÍNDIOS QUE A HABITAVAM

*Passaporte. Pavor do Rio Doce. Ponta dos Fachos. Hospitalidade. Região situada entre o mar e a montanha de Mestre Alvo. Aspecto das florestas novamente queimadas. De quem os brasileiros adotaram seu sistema de agricultura. Freguesia da Serra. De que maneira o autor foi recebido nesta vila. Incômodos causados pelo calor. A montanha de Mestre Alvo. Respeito dos brasileiros aos superiores. Armadilhas chamadas mundéus. Sítio de Caraípe. Vila de Almeida. Sua história e sua administração. Descrição dessa vila. De que maneira os índios da Vila de Almeida foram governado no tempo dos jesuítas. Como são tratados hoje. Decréscimo que a população tem sofrido. Ocupação dos índios de Almeida. Caráter dos índios em geral. Linguagem dos De Almeida. O Capitão-mor de Almeida.*

Em minha estada na Vila da Vitória, apresentei-me em casa do Governador da Província, ao qual fora recomendado. Recebeu-me muito bem, deu-me um pedestre para servir-me de guia até o Rio Doce, razão da minha viagem, e entregou-me uma portaria (passaporte privilegiado) assinado de próprio punho. "Aquele que o Senhor tem, do Ministro de Estado, disse-me ele, tornava-se suficiente, mas os soldados não sabem quem é o Ministro; eles só conhecem o governador e minha assinatura colocará o Senhor a salvo de todos os apuros que se poderão suscitar."

Incitou-me ele, muitas vezes, a não prosseguir minha viagem, e me apresentou sob as cores mais sombrias a região deserta que eu ia percorrer; sobretudo não se cansava de prevenir-me contra a insalubridade das margens do Rio Doce: "O Rio Doce é um inferno", tais foram as expressões de que usou ao falar-me desse rio.[1] Mas, todas essas falas não faziam arrefecer minha curiosidade; eu havia resolvido ir até as fronteiras da Província de Porto Seguro e pus-me a caminho.[2] Depois de despedirme do meu hospedeiro, o Capitão-mor Pinto, atravessei a ilha muito montanhosa onde sua casa e a capital da província se situam; e retornei pela margem do mar que do lado setentrional separa a ilha do continente. Esse pequeno canal pode ter a largura de nossos riachos de 3ª ou 4ª ordem. Passa-se por uma ponte de madeira, que ao tempo de minha viagem estava no pior estado de conservação e que provavelmente não tardaria a cair se, como tem ocorrido, não se fizer nela algum conserto. Ora segue o caminho pela praia, ora pelas matas virgens de que é cercado. Depois de cinco léguas, detive-me numa cabana construída em uma colina que domina o mar e que se chama Ponta dos Fachos. Fui muito bem recebido pelos moradores da choupana. Em geral, à proporção que me adiantava, era tratado com maior hospitalidade e em parte alguma encontrava a desdenhosa indiferença dos habitantes dos arredores do Rio de Janeiro.

Já me referi à Montanha de Mestre Alvo,[3] que eu havia divisado ao chegar perto da Baía do Espírito Santo, por trás das colinas que bordam

---

1 Se outras expressões teve o sábio Neuwied, foi, incontestavelmente, por algum interesse particular.

2 Itinerário aproximado da Vila da Vitória ao Rio Doce. Da Vila da Vitória a Ponta dos Fachos,

| | | |
|---|---|---|
| Palhoça | 5 | Léguas |
| Freguesia da Serra (aldeia) | 3 ½ | Léguas |
| Caraípe (sítio) | 2 ½ | " |
| Vila dos Reis Magos (vila) | 3 | " |
| Aldeia Velha (sítio) | 3 | " |
| Quartel do Riacho (posto militar) | 3 | " |
| Quartel da Regência (idem) | 7 | " |
| | 27 Léguas | |

Devo observar que, passando pela Freguesia da Serra, aumentei meu caminho, porque essa povoação está situada à média de duas léguas da costa. Para evitar esse rodeio, pode-se, da Vila da Vitória, fazer alto na Aldeia de Carapibeí, menos distante que Ponta dos Fachos, e de Carapibeí se vai, no dia seguinte, à Vila dos Reis Magos, de outra forma, Vila de Almeida.

3 Jean de Laet, que publicou em 1643 seu excelente compêndio, grafou Mons Alvoe (*Nov. Orb.*, 584) ; acha-se no Abade Cazal, Monte de Mestre Álvaro (*Corogr.*, II, 63) e finalmente Pizarro (*Mem.*, II, 80) Serra de Mestre Alvo ou Álvaro. Adoto a grafia que me parece concordar com a usada nos próprios locais.

essa baía. Como o Mestre Alvo passa por um dos pontos mais elevados da Província do Espírito Santo e como, chegando a ele de Ponta dos Fachos, não teria de me desviar do meu caminho, decidi fazer essa pequena viagem; guiado pelo bom Luís, o pedestre que me acompanhava por ordem do governador, dirigi-me para oeste e percorri, durante longo tempo, uma região plana, por onde passa o Rio de Caraípe e que é entrecortada de capoeiras e matas virgens. De distância a distância, tinha o prazer de ver algumas cabanas. Estava-se então (13 de outubro) na época em que se tem o costume de queimar as matas, derrubadas uns meses antes. Em muitos trechos passei diante de partes de florestas assim destruídas e incendiadas.

Nada poderia ser mais triste que esse aspecto. Os ramos que com o incêndio se haviam desprendido das grandes árvores, os cipós e os arbustos haviam sido consumidos; os grossos troncos apenas haviam sido tisnados ou reduzidos a carvão e jaziam por terra, sem nenhuma ordem, lançados uns sobre os outros; a terra, seca e coberta, aqui e ali, de cinza alvacenta; afinal, de todos os lados via-se elevar-se dentre esses destroços a base dos grandes troncos, cortados dois ou três pés acima do solo. O sistema agrícola adotado no Império do Brasil é o dos Tupinambás, Carijós, Tupiniquins e outras nações indígenas da subraça tupi, hoje exterminada;[4] os luso-brasileiros adquiriram ainda desses selvagens a cultura da raiz que fornece seu alimento principal e à qual devem uma série de aplicações diversas; o conhecimento de alguns frutos bons e de vários salutares; inúmeras palavras geralmente difundidas entre eles; por fim, a maior parte dos nomes de suas montanhas e de seus rios. Deveriam ter, muito bem, um pouco de compaixão pelos descendentes daqueles que foram seus mestres.[5]

Antes de chegar ao lugar onde fiz parada comecei a subir e logo me vi no meio de um grupo de colinas que apresentavam no topo largos planos de nível. Uma Melastomácea e uma Composta crescem em abundância nos declives desses morros. Há muito tempo vinha eu avistando a Montanha de Mestre Alvo; além, ela se mostrava à minha vista com toda a sua massa pesada e respeitável; podia mesmo distinguir, aqui e acolá, planta-

---

4 Veja-se, como durante a época da descoberta do Brasil, se exprimia Hans Staden, falando dos selvagens deste país: "Cortam as árvores, nesses lugares, deixam-nas cortadas três meses, queimam-nas e aí plantam" (*Hist. Bras. in the Bry.*, I, 175).

5 Por aversão pueril contra os luso-europeus, alguns do Brasil adotaram, em nosso tempo, nomes indígenas que provavelmente não entendiam. Seria mais nobre procurar melhorar de maneira eficaz a sorte dos indígenas.

ções no meio das florestas que a cobrem. Para o ocidente, o horizonte é limitado pelas serras da cadeia marítima. No planalto de algumas colinas de que acabo de falar estão as choupanas, umas distantes das outras e esparsas; quase no meio delas vê-se uma igreja, cercada de relva, isolada como as próprias casas e sombreada por algumas palmeiras. Essa espécie de vila tem o nome de Freguesia de Nossa Senhora da Conceição da Serra (paróquia de N. S. da Conceição da Serra) ou simplesmente Freguesia da Serra e é a cabeça de uma paróquia que compreende grande número de habitações situadas a oeste, com população de mais de mil almas.[6]

Chegado à Freguesia da Serra, apresentei-me em casa de um dos seus principais moradores, que era capitão de milícia e pedi-lhe pousada; recusou-na, dizendo não ter lugar para alojar-me, e enviou um escravo para indicar-me uma casa na vizinhança. Durante a ausência do emissário, ficamos a conversar e forcei uma oportunidade para exibir-lhe minha portaria. O respeito dos brasileiros por seus superiores era tal, então, que a simples vista da assinatura do Ministro de Estado Tomás Antônio de Vila Nova e Portugal produziu o efeito de uma palavra mágica. Aí, a casa me foi oferecida, estava às minhas ordens; ele desejava hospedar-me definitivamente. Afetei importância e não dei aos meus empregados ordem de descarregar meus animais antes de saber, pelo negro do capitão, que a casa a que o haviam mandado já estava alugada. Durante todo esse dia achei insuportável o calor, provavelmente por me haver distanciado do mar. Sofri cruelmente dos nervos e à tarde, escrevendo meu "diário", sentia a cabeça tão pesada que a imagem das cousas observadas no caminho me aparecia obscurecida.

Antes de me deitar, mostrei desejo de encontrar um homem que estivesse disposto a acompanhar-me ao alto do Mestre Alvo e imediatamente meu hospedeiro pediu um guia ao comandante da Vila. No dia seguinte, o guia se apresentou e partimos. Eu queria, para acompanhar-me, um homem que conhecesse os caminhos, a quem pagaria, mas, falando com o que me haviam mandado, verifiquei que era um agricultor honesto, pertencente à milícia e percebi que lhe haviam dado ordens para servir-me de guia, porque, disseram-lhe, eu estava encarregado de uma missão, pelo governo. Esse honrado homem, que era branco, obedecia-me alegremente, sem reclamar, não se queixando do trabalho, acreditando que o fazia por Sua Alteza; assim era chamado o Rei, quando ainda Príncipe Regente, e grande número de brasileiros de classe média da-

---

6 Piz. — *Mem. Hist.*, V, pág. 85.

va-lhe ainda, por hábito, tal título. A Montanha do Mestre Alvo é muito arredondada no cume; tem bastante largura, do oriente ao ocidente, e perto desses dois pontos o seu declive é muito oblíquo. Exceto alguns rochedos que se vêm aqui e acolá, a montanha é inteiramente coberta de matas virgens, no meio das quais se fizeram plantações de mandioca, algodão e milho. Subimos acompanhando a trilha de caçadores que têm o costume de percorrer esses lugares e chegamos ao pé de uma cascata, onde a água se precipitava no tempo das chuvas, mas que, então, só apresentava uma sequência de rochedos úmidos, quase a prumo e cobertos de musgo. Meu guia assegurou-me, elogiando minha agilidade, que a maior parte dos caçadores da montanha não ia além da cascata; os louvores do homem me estimularam e escalei os rochedos com extrema facilidade. Embora houvesse andado muito, sentia-me revigorado; em vez do excessivo calor que tanto me havia fatigado na véspera, senti, desde o começo do dia, uma temperatura agradável, arvoredos entrelaçados impediam a infiltração mais ampla dos raios do sol e, por todos os cantos, eu encontrava, à sombra, regatos de águas cristalinas. Acima da cascata comecei a ver bambus, da grande espécie chamada taquaruçu.[7] Essas gramíneas imensas precisam de umidade e de muita elevação; crescem nas montanhas do Corcovado e da Tijuca, perto do Rio de Janeiro, a uma altura análoga à do local em que então me encontrava. Não achei nenhum exemplar delas na costa muito baixa por onde viajara, quando da minha partida da Capital. As matas virgens do Brasil por vezes são tão obstruídas de espinhos e de cipós que não se poderia penetrar nelas sem abrir caminho a machado; por vezes, também apresentando dificuldades, não são em absoluto impenetráveis; desta ordem são as de Mestre Alvo.

Quase em toda parte, porém, os arvoredos ocultavam a campina; apenas num lugar ela se ofereceu a meus olhos. Lá do lado do oriente, divisei o mar; no ocidente avistei, à distância, as montanhas soberbas da cordilheira marítima, às quais se juntam outras mais próximas; finalmente, vislumbrei as colinas sobre as quais ficam as casas da freguesia e que, terminando todas por largo planalto, pareciam, da altura em que me achava, formar uma vasta planície. De um lado e de outro, colunas de fumaça subiam lentamente para o céu e mostravam onde as matas iam ser substituídas por plantações úteis.

---

7 É principalmente, diz o senhor Martius, a uma altura de 1.800 a 2.000 pés, acima do nível do mar que crescem os bambus (*Agrost*, 524).

Passei o dia inteiro na Montanha de Mestre Alvo e voltei para casa quase sem ter colhido qualquer planta. A vegetação é, sem dúvida, muito variada nas matas virgens;[8] é admirável pelo vigor e pelos contrastes que mostra a cada passo; contudo, muito pouca flor, se acha sob esses grandes arvoredos que privam de ar e de luz as ervas e os arbustos que crescem a seu pé;[9] as próprias árvores parecem, como disse noutra parte, florescer bem raramente e são bastante arrojadas para não deixar perceber suas flores, em geral menores que as dos vegetais menos vigorosos. Passarão, provavelmente, muitos anos, antes que se conheça, com algumas exceções, outra flora brasileira que não a das ervas e a dos arbustos. Só botânicos sedentários poderiam dar a conhecer as árvores das matas Virgens e não sei se, depois da morte do meu amigo padre Leandro do Sacramento, se formou botânico no Brasil.[10]

Na Montanha de Mestre Alvo, vi grande quantidade desses alçapões chamados *mundéus,*[11] que é costume fazer para pegar quadrúpedes. Nos lugares em que a caça costuma passar, os caçadores deixam apenas um atalho, ladeado de estacas altas, de cerca de 5 a 7 pés, aproximadamente.

---

8 Segundo Freycinet pode-se calcular em 60 ou 80 o número das espécies de grandes vegetais que, independentemente de ervas e cipós, se acham nos subsolos do Rio de Janeiro (*Viagem* Ur. Hist., I, 114).

9 As famílias de plantas de que se acha maior variedade em flores, sob as grandes árvores das matas virgens do Brasil intermediário, são as Acantáceas e as Rubiáceas.

10 O Padre Leandro do Sacramento, professor de Botânica, diretor do Jardim Botânico do Rio de Janeiro, cultivava com sucesso a ciência que era encarregado de ensinar e possuía, ainda mais, conhecimentos de Química e Zoologia. Deve-se-lhe a análise das águas minerais de Araxá (*in Eschw Neue Welt*, I, 74), bem como observações botânicas impressas em compêndio nas memórias da Academia de Munique e uma memória sobre as Balanoforáceas que se espera ver em breve publicada. É homem de costumes dóceis, de sociabilidade fácil, cheio de candor e amabilidade. Acolhia os estrangeiros com benevolência e, deve-se confessar, nem sempre se foi grato a ele. Para justificar as *reprovações* que sempre fazem aos habitantes da Europa, os brasileiros poderiam mencionar a maneira pela qual foi tratado o Padre Leandro. Ele orientou, com suas coleções, os nossos navegadores; mandou plantas secas ao Museu de Paris, despachou para o governo francês seis caixas de plantas vivas, para a colônia de Caiena, e foi em vão que, durante muito tempo, o Cônsul da França no Rio de Janeiro e eu solicitamos uma simples carta de agradecimento, a duas de nossas administrações. Os sábios que amassem as ciências, por elas mesmas deveriam estimular, por todos os meios possíveis, aos americanos de quem há muito que esperar; os sábios, entretanto, foram pouco justos para com o Padre Leandro. Como se tivessem desejado fazer desaparecer até mesmo a lembrança deste homem recomendável, destruiu-se o gênero que formara uma das suas memórias; para justificar essa supressão, disseram, é verdade, que o gênero já existia em manuscrito; mas não deveríamos nunca perder de vista esta regra tão sábia, estabelecida por de Candole na sua admirável Teoria Elementar, saber que pela prioridade não se deve ter em conta trabalhos inéditos.

11 A palavra *mundéu* foi originariamente tomada dos índios: *mundé;* segundo o Pe. Antônio Ruiz de Montoya (*Thes. long. guard.*, 232), significa, em Guarani, alçapão para prender animais.

Entre as duas estacadas são postos, paralelamente e a 4 pés da terra, tabuões pesados, sustentados por 2 varas transversais.

Descansam eles sobre duas varinhas postas horizontalmente, uma fora de uma das filas de estacas e outra fora da segunda; uma das varinhas é fixada numa das filas ou estacadas; a outra varinha, cortada pela metade, é apenas ligada, no ponto de separação, por um cipó e se une a um pequeno laço eriçado, entre as estacadas. As caças bravas, passando nos atalhos, puxam o laço, que força o cipó; as duas partes unidas da varinha se separam bruscamente: toda a armação desaba e os tabuões caem em cima do animal.[12]

Voltei da Freguesia da Serra pelo caminho que me havia levado e fiz alto, a curta distância do mar, no lugar chamado Caraípe.[13] É uma espécie de aldeia que se compõe de algumas casas muito distantes umas das outras e que deve seu nome ao pequeno ribeiro perto do qual foi construída. A casa onde dormi fica no alto; pertencia a mulatos pobres e excelentes, que pareceram receber-me com prazer.

O caminho que segui entre Caraípe e a Vila de Almeida é perfeitamente igual. Embora se prolongue paralelamente ao mar só costeia espaços muito pouco consideráveis e ora atravessa terrenos quase semelhantes às restingas de Saquarema e do Cabo Frio, ora matas virgens e capoeiras. Passei alguns ribeiros sem importância e por fim alcancei a Vila de Almeida, quase totalmente construída pelos índios civilizados. Essa vila, fundada pelos jesuítas antes do ano de 1587, tinha outrora o nome de Aldeia dos Reis Magos. Seu novo título lhe foi dado em 1760 e, na mesma época, fez-se de Almeida a cabeça de Comarca de uma paróquia. [14]

Embora este último nome haja sido consagrado por atos legais, os de Vila dos Reis Magos e sobretudo de Vila Nova parece terem prevalecido no uso comum.

Os índios de Vila Nova têm hoje, como os de São Pedro, um capitão-mor de sua raça, e a administração de todo o distrito está em mãos de dois juízes ordinários, um índio e outro português, que se revezam mensalmente no serviço.

---

12 Seria difícil que se dispusessem os mundéus exatamente da mesma maneira, em todos os pontos do Brasil. Os alçapões para quadrúpedes, que o Príncipe de Neuwied viu armar no morro Arara (*Viagem*, trad. Eyr., II, 5) na Província de Porto Seguro, eram diferentes dos que vi no Mestre Alvo.

13 É, provavelmente, este o lugar que o sábio Príncipe me indicou sob o nome de Carapébuçú. Caraípe provém talvez das palavras indígenas *caraí*: mágico, homens brancos, e *pe*: caminho — *caminho dos mágicos ou dos homens brancos*.

14 Piz. — *Memórias Hist.*, V, 109.

À exceção do provedor,[15] todos os membros da comarca ou senado municipal do termo são, da mesma forma, índios. Almeida ou Vila Nova situa-se na embocadura de um rio, numa colina que apresenta no topo uma larga plataforma, dominando vasta extensão do mar. As casas, na maior parte, dispõem-se no alto do outeiro, à volta de uma praça regular, que tem a forma de um longo quadrilátero com cerca de 140 pés por 260.

O antigo convento dos jesuítas e sua igreja ficam ao norte da praça e ocupam um dos seus lados menores. Entre as casas que se veem de distância a distância há altares destinados às estações da semana santa, cada um colocado em pequeno nicho, uma espécie de caixinha alongada. Por trás das casas situadas na praça, há outras que, construídas a curta distância, formam com as primeiras uma rua pouco larga. Do lado do ocidente acham-se ainda umas ruas muito curtas. Excetuado pequeno número de casas ocupadas por portugueses, todas as demais são apenas choupanas, sem argamassa, cobertas com palha de palmeiras.

O rio que corre ao pé de Vila Nova, do lado norte, tem o nome de Rio dos Reis Magos,[16] é pequeno e só dá entrada a pirogas. Parece que, por essa razão, os jesuítas haviam preferido a posição da Vila Nova à da Aldeia Velha, lugar situado ao norte da embocadura de um rio navegável. Entrava isto em seu sistema de afastar os portugueses dos índios e tinham o máximo cuidado de acertar, quando escolhiam, como em Benevente, as margens de um rio para aí formarem aldeias. Eu havia passado duas vezes por Vila Nova e perguntara muito sobre os jesuítas aos índios da região, entre outros a um homem cheio de humor e de experiência que tinha conhecido esses padres; deram-me, várias vezes, informações contraditórias; limitar-me-ei a consignar aqui o que pude observar como certo. À Aldeia dos Reis Magos só tinham chegado dois religiosos professos, que, por prudência, eram mudados de três em três anos; mas era nesse lugar que os noviços vinham aprender a língua dos indígenas. Durante os quase duzentos anos, em que estiveram à testa desta província, os jesuítas recusaram-se decididamente a pôr em uso, segundo as circunstâncias, algumas mudanças em seu modo de administrar. Entretanto, quase quarenta anos antes da extinção de sua Ordem, tinham os índios ainda na obediência a mais estrita. De três em três meses traziam do campo à aldeia quarenta famílias, para lhes ensinar a religião cristã,

[15] Deveria traduzir esta palavra por *Procurador da Municipalidade.*

[16] O Príncipe de Neuwied diz que corrente chamava-se também Sananha e que os ribeirinhos a chamavam antigamente, Apiaputang (*Voyage,* Trad. Eyr., I, 305).

para dar aos homens alguma noção de diversos trabalhos e para que as mulheres aprendessem a fiar algodão e a fazer panos. Quando o trimestre se escoava, as quarenta famílias eram substituídas por outras. Parece que, por volta de 1720, algumas ideias de independência já se haviam introduzido entre os índios de Reis Magos. Cansados das regras severas a que eram sujeitos, foram levar suas queixas ao Governador da Bahia e este obrigou os Jesuítas a dar-lhes mais liberdade. No que diz respeito aos nativos esses religiosos não governavam diretamente os indígenas, mas nomeavam o capitão-mor e os outros oficiais encarregados de zelar pela manutenção da boa ordem e de punir os que cometessem qualquer falta. Nenhum português entrava na aldeia sem permissão dos jesuítas[17] e era proibido aos índios falarem em outra língua que não a própria; podiam entretanto ir à Vila da Vitória vender suas mercadorias e procurar os objetos de que tivessem necessidade. Os jesuítas escolhiam as crianças que evidenciassem disposição e enviavam-nas ao convento do Rio de Janeiro, para aprenderem diversos ofícios; encontrava-se gente de toda condição na Aldeia dos Reis Magos. Parece que essa aldeia, mesmo a própria igreja e o convento, foram construídos pelos índios. A música era, como já disse, um dos meios de que se serviam os padres da Companhia de Jesus para atrair os índios. Enviavam também ao Rio de Janeiro as crianças que tinham tendência para essa arte; traziam-nas de volta logo que estivessem suficientemente instruídas e afirma-se que na igreja da aldeia sempre se ouviam músicos muito hábeis.[18]

Não é verdade que as colheitas aqui fossem colocadas em comum e em seguida repartidas pelos jesuítas, como ocorre no Paraguai; também não é verdade que os índios fossem obrigados, como em São Pedro,[19] a trabalhar para o convento certo número de dias por semana.[20] O chefe de família faz a própria cultura e goza livremente do fruto de seus labores.

---

17 Vimos, anteriormente, que a entrada nas aldeias era interditada aos portugueses, pelas leis do próprio D. Pedro II.

18 Um viajante que escreveu sobre os índios da América do Sul, disse que "se aos ensinamentos dos preceitos salutares do evangelho os primeiros missionários houvessem ajuntado a música, eles conseguiriam abrandar a ferocidade dos seus neófitos". Vê-se que os jesuítas do Brasil não tinham esquecido este meio. Os do Paraguai não o esqueceram absolutamente; como disse no meu terceiro relato, o conhecimento da música se perpetua entre os índios das velhas reduções das margens do Uruguai e eles conservaram o uso da harpa (lira de 5 cordas). A religião cristã, disse com razão Chateaubriand, realizou nas florestas da América Meridional "o que a fábula conta dos Anfiões e Orfeus".

19 Veja-se cap. I, do livro.

20 Southey já mostrou que os jesuítas adotaram o mesmo método de colonização por toda a América (*Hist. do Brasil,* III, 370). Modificavam seu sistema seguindo o caráter das diversas

Os jesuítas faziam plantações e, quando chegava o momento de trabalhar, toda a Aldeia era convidada a fazê-lo, concluindo-se a obra em pouco tempo.

Quando faltava um ornato na igreja, os padres levavam os índios a cortar madeira; transportavam as tábuas numa prancha que pertencia à Ordem e, ao fim de algum tempo, o ornamento desejado chegava à Vila. Em geral, os discípulos de Loyola convenciam os índios com doçura; ensinavam às crianças; não recebiam qualquer retribuição pelo batismo, casamentos e enterros; e todos são acordes em dizer que visitavam os doentes, ministravam-lhes remédios e lhes prodigalizavam os maiores cuidados. Portugueses e indígenas afirmaram que os jesuítas governavam a chicote os habitantes da Aldeia dos Reis Magos, tal como são tratados ainda hoje negros escravos. Parece certo que, antes da extinção da Companhia de Jesus, foi posto à frente da redução um religioso que abusou muito de seu poder; mas, ao fim de seu governo, tudo voltou à ordem costumeira. Os índios da costa perderam, depois de longos anos, os hábitos da vida selvagem e ainda que tivessem a coragem de voltar às florestas, aí seriam perseguidos como caça brava.

Como tive ocasião de dizer,[21] o caráter desses desvalidos homens da natureza exigiria que fossem tratados com doçura, amor e firmeza, por tutores benévolos e desinteressados, que tivessem sobre eles grande domínio de reflexão e de inteligência. Esses tutores, diga-se a bem da verdade,[22] eles os tiveram nos jesuítas. Entretanto, teriam ressentimento do governo da Companhia de Jesus por estar persuadidos de que ela pretendia destronar o soberano do Brasil e colocar-se em seu lugar, o que a seus olhos era o maior de todos os crimes.

A acusação aqui comentada, já foi satisfatoriamente refutada por um historiador consciencioso, o Sr. Robert Southey, que não seria suspeito, porque, unido à fé protestante, tem-se oposto fortemente ao catolicismo.

---

tribos, as circunstâncias e as localidades; foram forçados a muitas concessões pelo ciúme de autoridades espanholas e portuguesas; nem sempre puderam lutar com vantagem contra a cupidez que pedia, sem cessar, a escravização dos indígenas.

21 Ver o volume 4 desta coleção págs. 30 e seguintes.

22 Eu já disse que fora conduzido pela força da verdade a admitir esta opinião e mostrei que ela está provada pelas autoridades menos suspeitas. Como a que citei, posso juntar uma ainda mais forte, a do Sr. Roulim, que achou nas reduções fundadas, entre as colônias espanholas, pelos jesuítas, os traços do bem que eles aqui fizeram. Este sábio recomendável mostrou que partilhava inteiramente das minhas ideias sobre os serviços que a Companhia de Jesus prodigalizava aos índios. (Veja *O Tempo*, de 28 de novembro de 1832.)

Mas a falta que os índios têm sentido dos jesuítas demonstra suficientemente toda a falsidade dessa única acusação; quem de fato havia inspirado aos indígenas esse respeito idolátrico que tinham pelo Rei, senão os jesuítas? Depois da destruição dessa ordem, o Governo português deixou à comunidade dos índios de Vila Nova um território que foi declarado inalienável e que se estende além do sítio chamado Cababa,[23] do lado sul, até Comboio, do lado norte.

Deram-se sesmarias nas terras dos índios aos portugueses que desejavam estabelecer-se; mas esses, aqui, são obrigados a pagar dois tostões anualmente, por cem braças, ao Senado Municipal da Vila e não podem vender mais que suas colheitas e as construções que erguem no terreno de que são foreiros. Os privilégios dos índios da Vila Nova são, assim, semelhantes aos originariamente concedidos aos habitantes de São Pedro e de Benevente; mas, aqui houve pouca oportunidade de violar os direitos dos indígenas, porque a região não apresenta, por assim dizer, qualquer atrativo à cobiça: é menos fértil, isolada, vizinha dos botocudos; nela as formigas causam contínuos estragos; por fim, o Rio dos Reis Magos pouco oferece em pequenos recursos de transporte.

Malgrado as vantagens de que ainda gozam os índios de Vila Nova, sua vila se acha nas condições da mais desoladora decadência. O convento cai em ruínas; quase todas as casas necessitariam ser consertadas e muitas estão desertas. Conhecendo a inconstância e a preguiça dos índios, os jesuítas os haviam submetido a uma austera disciplina; para que fossem verdadeiramente felizes, queriam que eles trabalhassem e não deixavam sem punição o ócio.

Depois que a Companhia de Jesus foi destruída, os habitantes da aldeia, libertos de uma útil vigilância, foram abandonados à própria índole; não trabalharam mais com a mesma regularidade e muitos caíram na indigência, onde haviam ido procurar, aliás, meios de subsistir. A emigração dos índios, sua extrema miséria e a distância a que ficaram da Vila Nova foram ainda outras causas. A mão de ferro dos governadores da Província do Espírito Santo agravou seus infortúnios. Todos os meses tirava-se dentre eles (1818) certo número de índios, casados ou não, para pô-los a trabalhar na estrada de Minas, no hospital de Vila da Vitória, na nova Vila de Viana ou Santo Agostinho, etc.; eram mal alimentados; durante muito tempo não lhes foi dado salário algum e, na época de minha

[23] Não garantirei a perfeita exatidão deste nome. Pode ser, talvez, Capaba.

viagem, somente depois de dois meses é que se começava a juntar à sua alimentação uma retribuição de dois vinténs, ou cinco soldos, por dia.[24]

Aqueles que quisessem subtrair-se a essa tirania, eram enviados amarrados à Vila da Vitória, e muitos sucumbiram em meio aos rudes trabalhos a que os haviam condenado.

Transportando suas casas da Vila, os índios de Vila Nova fizeram logo outra aldeia nas terras que cultivavam: para lá se retiraram as mulheres e as crianças privadas de seus maridos e de seus pais, e a velha aldeia foi abandonada. Houve mesmo famílias que se foram refugiar nas solidões profundas e outras que se distanciaram da província. No tempo dos jesuítas, contavam-se 3.700 índios em Vila Nova e seus arredores, ao passo que hoje o território desta vila, em globo, tem 1.200 habitantes numa circunferência de 9 léguas.[25] Os indígenas que permaneceram na região pescam e cultivam a terra; mas, em geral, não plantam mais que o estritamente necessário à sua família. Entre os índios de Vila Nova, que colhem víveres além do necessário a seu gasto, uns vendem o excedente aos portugueses estabelecidos entre eles ou a comerciantes de fora; outros embarcam em suas pirogas com feijão, algodão ou farinha, que vão vender na Vila da Vitória, seguindo sempre a costa, que conhecem perfeitamente. Os índios do litoral são, em geral, exímios no mar. A imprevidência que os distingue fecha-lhes os olhos aos perigos; os longos intervalos de repouso que a navegação permite, convêm à sua indolência e a força de que são dotados facilita seus trabalhos marítimas. Desde os tempos mais antigos, a vizinhança do oceano os havia tornado pescadores e esse ainda é um dos místeres que se ajustam melhor a seu caráter. Vivendo sempre no presente, sem ter paciência de esperar, querendo colher à tarde os frutos do labor do dia, eles devem, naturalmente, preferir a pesca aos cuidados da agricultura. Pela mesma razão, não há ocupação que apreciem tanto quanto a de serrar árvores. Veem logo os resultados desse trabalho, puramente mecânico e, enquanto movem os braços, de maneira uniforme, seu espírito se livra, nessa divagação própria de sua raça, que faz o encanto de sua existência.[26]

---

[24] Vê-se que os índios de Benevente eram tratados mais ou menos da mesma forma.

[25] Vários manuscritos determinaram uma redução considerável; sem designar nenhum número, aceitei os que a respeito dá o Príncipe de Neuwied. Na verdade, Pizarro assegura que a população da paróquia de Vila Nova de Almeida se eleva de 4 a 5 mil e 200 habitantes, mas não determinou o limite e é muita verdade que esse não compreende a população da nova paróquia de Santa Cruz de Linhares, ou ao menos o de todo o território que se estende até ao Rio Doce.

[26] "Os índios do Brasil, disse José Joaquim da Cunha de Azeredo Coutinho, são excelentes falquejadores e serradores de madeira. Eles são muito hábeis, principalmente, para tudo que é

Não se pode crer, portanto, que os índios de Vila Nova, São Pedro dos Índios, Benevente, etc., sejam sem aptidões e sem inteligência; eles têm mais facilidade de imaginação que os luso-brasileiros desta mesma parte da América, pelo menos os de regiões que se estendem do Rio de Janeiro até a Paraíba; demonstram menos tristezas e têm mais vivacidade nas respostas. Entretanto, essas qualidades não lhes servem para o futuro; eles pertencem por inteiro ao presente o que ganham gastam no mesmo instante; bebem, amam e, logo que nada mais têm, sofrem a fome sem proferir um lamento. Mostram-se tão cheios de paciência, tão tranquilos quanto desleixados e pode mesmo ser que as duas primeiras qualidades não passem do resultado da última.

Falando dos árduos trabalhos a que os condenara o Governador da Província, os índios de Vila Nova não deixavam escapar um murmúrio; *o serviço do Rei o exige* — essas palavras, pronunciavam-nas do mesmo modo como um fatalista teria podido dizer: *tal é a sentença do destino*. A falta de boa fé é um dos defeitos que lhes são insinuados com muita justiça; mas esse defeito é certamente, entre eles, bem menos indesculpável que entre os de nossa raça. Como não permanecerem estranhos à honestidade, se são humilhados sem cessar pelos descendentes de europeus? Talvez mesmo, no momento em que dão sua palavra, tenham a intenção de mantê-la; mas são muito inconstantes, têm uma noção muito confusa do futuro para poderem ser fiéis aos compromissos que assumem; são crianças que não sabem dos obstáculos que devem encontrar. O velho índio de Vila Nova, do qual já tenho falado e com quem me distraí muito tempo, não queria admitir para sua tribo o nome de Tupi e considerava essa palavra como uma alcunha injuriosa, imaginada pelos Tapinjas ou Tapuios.

---

de imitação ou de manufatura; e, ainda mesmo, para tudo que pede força e agilidade. Para a agricultura, porém, ou para o trabalho contínuo de lavrar a terra, parecem ter os índios uma repugnância invencível. Eles não têm a paciência de esperar, querem logo colher o fruto do trabalho do dia e por isso a pesca e a marinhagem será para eles uma imensa manufatura. (*Ens. Econ.*, 38)" Tudo neste trecho é perfeitamente verídico. Os indígenas ali estão descritos tais como são, com seu amor pela pesca e pelo ofício de serradores e sua repugnância pela agricultura, e esta impaciência da criança, que não lhes permite esperar os lucros de um demorado trabalho. Imaginar-se-á, sem dúvida, que, depois de haver traçado este quadro, o autor reconheça, como eu, que os índios eram incapazes de alcançar o alto grau de civilização de que é suscetível a raça caucásica. Absolutamente. Ele pretende fazer deles homens semelhantes a nós e é pela pesca que espera conseguir isto. Vendo nossas redes, diz ele, os indígenas quererão obtê-las. Para fazer a divisão de uma pescaria abundante, tornar-se-ão matemáticos; seu comércio de pesca, tomando extensão, os obrigará a aprender a leitura e a escrita; dentre estes homens civilizados pela pesca, surgirão marinheiros e pilotos hábeis; depois, operários para a marinha e negociantes, em uma palavra cidadãos úteis... Os pobres índios viram nossas redes; elas lhes foram inúteis; e eles continuaram indígenas.

Segundo esse velho, sua tribo havia tido o nome de Moçu; era mesmo, acrescentava, o que se davam ainda, entre si, os índios de Reis Magos[27] no tempo dos jesuítas.

Os habitantes de Vila Nova, de Aldeia Velha e Periquiaçu, vilas que darei a conhecer mais tarde, falam absolutamente a mesma língua, aquela que os jesuítas chamavam língua geral e da qual haviam feito o dicionário e a gramática. Nestes encontrei palavras que meu velho índio já me havia dito em São Pedro dos Índios; na maior parte, eram as mesmas que se empregavam em Vila Nova; entretanto, algumas e principalmente os verbos, oferecem diferenças, sem dúvida, introduzidas pelo tempo e pela falta de comunicações. O quadro seguinte mostrará não só essas diferenças, mas também algumas das que existem entre os dialetos atuais de São Pedro, como de Vila Nova de Almeida, e a língua geral tal como os jesuítas a escreveram no seu dicionário, obra provavelmente composta no século XVI:

| **Português** | **Dc. Dos Jesuítas** | **Dialeto de S. Pedro** | **Dialeto de Almeida** |
|---|---|---|---|
| cabeça | açanga | nhacanga | |
| cabelos | aba | java | ava |
| olho | ceça | ceca | |
| nariz | lim | itchi | |
| boca | juru | juru | |
| orelha | nambi | nambi | |
| pescoço | ajuru | jajuira | |
| braço | jiba | juva | |
| mãos | po | ipo | |
| dedos | po | ipoha | |
| unhas | po apen | ipohape | |
| pé | pi | iporangava | |
| perna | cetina | cetuma | |
| Deus | tupana | tupan | |
| anjo | ara | ara | ara |
| lua | jaci | jaci | |
| estrela | jacitata | jacitata | |
| céu | ibake | iuvaca | |
| chuva | amana | amaná | |
| relâmpago | beraba | overapa | |

[27] Quase creio que *moçú* era menos um nome ou denominação que uma forma ou termo de polidez, como senhor e senhora; pois encontro no Dicionário Português e Brasileiro a palavra *cunhamoçú* designando uma jovem e *corumimoçú* para indicar um jovem. Seria mesmo possível que a palavra *moçú* fosse uma corruptela do português *moço* (jovem).

| | | | |
|---|---|---|---|
| água | i'g | i'g | i'g |
| fogo | tata | tata | |
| vento | iuitû | iuitû | evetû |
| mar | paraná | paraná | |
| carne | çoô | çoô | çoô |
| peixe | pirá | pirá | |
| pássaro | quirá | vuirá | |
| tabaco | tumbira | tunga | |
| pecari | taiaçu | taiaçu | |
| cavalo | caburû | cavarû | |
| arma | moçada | maçava | |
| pedra | ita | ita | |
| areia | ibicuî | iocuí | |
| árvore | imirâ | vuirâ | |
| noite | pituna | putuna | |
| pai | paia tuba | echeruva | |
| mãe | maia | chemanha | |
| homem | apiaba | apuava | |
| mulher | cunhã | cunhã | |
| criança | mitanga | pitanga | |
| casa | oca | joca | |
| grande | turuçú | tubichava | |
| pequeno | merî | merîm | |
| extenso, longo | pecû | ipocutete | ipocutete |
| largo | tepopir | ipoaçute | ipoacutete |
| Cardápio | | ipoite | ipoitete |
| Varão | apiaba | apuava | |
| Moça | cunhâ | cunhâ | |
| Negro | pixuna, uma | sun | suna |
| Branco | morotinga | morotchim | imorotinga |
| Vermelho | piranga | piran | |
| Dormir | ker | tocotchake | takerne |
| Morrer | mano | omanon | |
| Cair | oar | iriate | aare |
| Eu te amo | | cheruputa | oropobane |
| Eu bebo | | chacauma | acauma |
| Um | oiepe (o p. figueira) | oiepenho | aiepe |
| dois | mocai | mocoi | |
| três | moçapir | moçapu | |
| igreja | tuparoca | tuparoca | |
| senhor | jara | | andiara |
| comer | | Itambain | bein[28] |

[28] As diferenças que este quadro indica não são talvez tão grandes quanto pareçam. Com efeito: 1º) há sons mistos que podem ser obtidos por duas letras, assim como b e *v*; 2º)

Ao chegar a Vila Nova fui ver o capitão-mor índio, para lhe pedir que me indicasse uma casa onde pudesse passar a noite. Cometi a indelicadeza de não lhe mostrar minha portaria e percebi depois que ele se havia agastado com esse esquecimento. Recebeu-me mal, deu-me, entretanto, a chave de uma pequena casa destinada aos soldados que vêm do Rio Doce ou que para lá vão. Depois do jantar teve com o meu tropeiro uma discussão muito viva; mas o padre que eu havia visto e que era homem excelente apaziguou os ânimos. No dia seguinte, reparei minha falta, voltando à casa do capitão-mor; tive então cuidado de lhe mostrar meu passaporte e ele me fez muitas gentilezas. Esse homem não tinha a cor bistrada, como a maioria dos outros índios; tinha-a somente um pouco amarela, sem dúvida por sair pouco de casa, isso tende a confirmar a opinião que os senhores d'Eschwege, d'Olfers e eu emitimos sobre a cor dos índios do Brasil.[29]

O título de capitão-mor indica, ordinariamente, um homem rico e importante; o de Vila Nova não era uma coisa, nem outra. Sua casa só se distinguia das de seus administrados porque era caiada por dentro e por fora. Uma cadeira, duas mesas e outras tantas arcas formavam todo o mobiliário da sala principal, em que eu fora recebido. Encontrei na casa do capitão-mor um velho português que o tratava com uma espécie de superioridade respeitosa, como o preceptor de um príncipe tem por costume tratar seu discípulo; esses dois personagens conjugaram seus conhecimentos para ler minha portaria, que era perfeitamente clara, e fui obrigado a ajudá-los frequentemente.

---

é quase certo que existem erros no dicionário dos jesuítas, publicado muito tempo depois de ter sido composto, e num país em que ninguém sabia a língua dos índios (Lisboa, 1795); 3.°) esse dicionário, muito abreviado, contém muito poucos sinônimos, e palavras que não se encontram nele não eram também consideradas corretas, no tempo dos jesuítas; por exemplo: por grande, usaram *turuçú* no dicionário e por chique *tumbira*: mas, *tubichaba* e *tunga*, em uso hoje em S. Pedro dos Índios, se encontram na gramática indígena do Pe. Luís Figueira (Arte da Gramática da língua do Brasil) da qual existem 4 edições; 4.0) é possível que um estudo muito aprofundado da língua geral e dos seus dialetos atuais, estudo hoje quase impossível, faria desaparecer ou explicaria quaisquer outras diferenças. Assim, quando perguntei aos índios de S. Pedro como se dizia pai e mãe, eles me responderam *echeruva* e chemanha, que parecem diferir muito de *tubá* e *maia*; mas, no início daquelas palavras se acha, evidentemente, o pronome possessivo *Che*; para saudar, nas missões do Uruguai e do Paraguai, a um índio de certa idade dá-se-lhe o nome de *cheru* – meu pai – e o padre Luís Figueira disse expressamente que se traduz pai por *tubá* e meu pai ou eu tenho um pai, por *cherub*, porque na formação das palavras compostas o *t* se troca por *r*. Se eu juntasse ao quadro que publico o dialeto guarani, ver-se-ia quão pouco ele difere do da costa, embora falado a enorme distância das Províncias do Rio de Janeiro e do Espírito Santo. Como nos vocabulários que já publiquei, conformei-me com a ortografia portuguesa, que se acomoda bem melhor que a outra com a pronúncia; é mesmo a que os jesuítas seguiram.

[29] Ver o volume 4 desta coleção pág. 179.

## Capítulo VI

# A REGIÃO SITUADA ENTRE A VILA DE ALMEIDA E O RIO DOCE

*Caminho que vai de Almeida ao lugarejo de Aldeia Velha. Descrição dessa aldeia. O Rio da Aldeia Velha. Comércio; tatajiba ou pau-amarelo; cal. Posto Militar. Capitão do Barra. Senhor Manuel Francisco da Silva Guimarães. Praia que se estende do outro lado de Aldeia Velha. Contrariedade que sente o autor, de parte dos seus servidores. Posto Militar conhecido sob o nome de Quartel de Riacho até o Rio Doce. O autor chega à embocadura desse rio. Quartel de Regência. A que se destina esse posto.*

Saindo de Vila Nova, atravessei o Rio dos Reis Magos numa piroga que o capitão-mor havia requisitado e que pertencia aos índios.

Como esta região só mantém, por terra, poucas comunicações com o norte do Brasil, a travessia do rio não tem sido taxada pelo fisco.

O caminho de Vila Nova à Aldeia Velha corta quase sempre bosques que margeiam o mar. E assim é toda a região que percorri; mas, um pouco para o oeste, notam-se elevações do terreno.

Embora a estação estivesse adiantada (16 de outubro)[1] havia ainda extrema seca e não encontrei, durante toda a viagem, qualquer planta florescendo, nesse ano, os colonos queixaram-se com amargura da falta das chuvas, o que atrasou todas as suas plantações.

---

[1] É preciso não esquecer que nestas regiões a estação das chuvas começa mais ou menos em Outubro.

Passei sucessivamente diante de grande número de cabanas habitadas por índios e, depois de haver percorrido três léguas, detive-me na Aldeia Velha. Esse lugarejo se compõe de choupanas construídas, na maioria, na foz do Rio da Aldeia Velha e em sua margem meridional. Faz parte da paróquia de Vila Nova, ou Almeida, e é povoado por indígenas civilizados, que vivem da pesca e do produto de algumas terras cultivadas. O Rio da Aldeia Velha é formado pela junção de dois regatos, um menos considerável que vem de sudoeste e tem o nome de Piriquimerim, o outro que vem do noroeste e se chama Piriquiaçu.[2]

Na embocadura, o Rio da Aldeia Velha pode ter a mesma largura do Sena na Ponte Nova e, não tendo sua profundidade nesse lugar menos de 8 a 14 palmos, conforme as marés, deixa passar embarcações bem consideráveis.

De tempo em tempo, chegam barcos de São Mateus, da Vila da Vitória, de Campos, por vezes mesmo da Bahia e do Rio de Janeiro, e se carregam com farinha de milho e mandioca, mas em pequena quantidade.

De Aldeia Velha se exporta ainda, para o Rio de Janeiro, o pau-amarelo, de tatajuba,[3] Antes da chegada de D. João VI ao Brasil, a exportação dessa madeira de tinturaria era aqui inteiramente negligenciada, mas, na época da minha viagem, tinham vindo arrancar as raízes depois de haver cortado todas as árvores.

Do Rio da Aldeia Velha também sai um artigo importante de comércio, a cal, feita com ostras que se tiram das caieiras vizinhas da Vila de Piriquiaçu, situada à margem do Rio do mesmo nome, a três léguas da povoação de Aldeia Velha. Essa cal vale aqui 4000 réis (25 francos), na média de 50 alqueires (10 hectolitros) e se revende por 8000 réis na Vila da Vitória e *por um dobro* (80 francos) e mesmo um *dobro e meio* (120 francos) em Campos. Os demais artigos são comprados dos índios por 3 ou 4 negociantes portugueses estabelecidos na região e por outros que vêm de fora com barcas.

Por ocasião de minha viagem, o feijão valia na Vila Nova, e provavelmente em todo o distrito, 5 patacas (10 francos) por alqueire

---

2 *Piri*: junco: *qui* aqui, em guarani; *periíke* na língua geral; com o aumentativo *açú*, ou o diminutivo *merim*. O sábio Príncipe de Neuwied escreve – *pira kaassu*; mas, como ele não passou além da embocadura do Rio da Aldeia Velha, não é de admirar que este nome não lhe tenha sido perfeitamente indicado. Em todo caso me parece que *pirakaassu* não quer dizer grande peixe e sim o bosque dos peixes: *pira*: peixe + *caa*: bosque, e o aumentativo (*assu*).

3 Por corrupção, tataíba ou tatajuba (ind.). Este nome, bem como outro nome vulgar mencionado, pau-amarelo, aplica-se a várias espécies botânicas (M.G.F.).

(o alqueire do Rio de Janeiro é de 40 litros) ; o algodão, 3 patacas por arroba; a farinha, 2 tostões (1 franco e 25) por quarta (a quarta do Rio de Janeiro é de 10 litros); as tábuas, de 20 a 25 palmos de comprimento por 1 de largura, meia pataca (1 franco) quando eram de madeira ordinária e uma e meia patacas quando de madeira própria para marcenaria.

Instalou-se na Aldeia Velha um posto militar com 4 índios, que se revezavam de 8 em 8 horas.

Além disso, na povoação há um capitão de milícia, português, que, sem estar agregado a nenhuma companhia em particular, é encarregado de velar e manter a ordem e de despachar os papéis exigidos deles aos patrões dos barcos.

Este capitão, que se intitula Capitão da Barra, não recebe ordens de ninguém que não o governador.

O capitão da barra Manuel Francisco da Silva Guimarães habitava, na embocadura do Rio da Aldeia Velha, uma casa coberta de telhas e me recebeu com muita hospitalidade. Viera do Porto para o Brasil sem qualquer fortuna; à força de trabalho e atividade, juntou algum dinheiro, comerciando; e tinha alma bastante superior para não fazer mistério de sua origem.

Deixando a Aldeia Velha, atravessei o rio numa piroga que me forneceu o Capitão Manuel Francisco e que era conduzida por índios; chegado à margem setentrional do Rio da Aldeia Velha, continuei minha rota, passando por um bosque; depois, cheguei a uma praia fértil em *Fucus*[4] e percorri-a até o Quartel de Riacho. A vegetação que margeia esta

---

4 Vou dar aqui, sempre seguindo Greville(I) a nota de *Fucus* recolhidos por mim nas praias próximas de Aldeia Velha e juntarei o nome das espécies que encontrei em Itapacoroia, perto de Sta. Catarina, Rio de Janeiro, Saquarema. Esta lista, reunida à das algas de Macaé e Manguinhos (II) completará inteiramente a indicação das plantas marinhas que eu trouxe do litoral brasileiro por onde viajei, e onde, como já disse, estas plantas são pouco abundantes. Designarei por um asterisco as espécies que não foram apanhadas nas proximidades de Aldeia Velha.

*Fucoidex – Sargassum stenophyllum,* Mart. Icon. Select. T. 5.

*Dictyotex – Padina variegata, Gaillzanaria variegata;* Ag. Syst., pág. 264 – Lecta propé. Rio de Janeiro e Itapacoroia. Província de Sta. Catarina.

* *Floridex – Laurencia obtusa.* Iam. *Essai*, pág. 42. *Chondria obtusa Age Syst.*, pág. 203. Lecta non sobmmode propé Aldeia Velha, Província do E. Santo, sed Itiam propé Itapacoroia, Prov. Sta. Catarina.

* *Gigartina aciculares*, varietas *pulchra, bipinnata,* Vix. species distincta, Lecta propé Itapacoroia, Prov. Sta. Catarina.

* *Gelidium parvulum* (sp. nov.) fronde filiformi, compressa, cartilagineo cornea, ramosissima intricata, dichotoma. ramis apice digitatis, obtusis.

região não difere da que eu havia observado em muitos lugares do litoral e apresenta geralmente uma camada rasteira muito igual de feijão da praia (*Sophora littoralis Neuw Schrad*) , de aroeiras (*Schinus theribintifolius Radd*) e de bromélias. Naquele dia, não encontrei viajante algum nem vi qualquer habitação.

As pessoas que me serviram devo atribuir os maiores desgostos que experimentei durante minhas viagens. Sabe Deus tudo quanto me fez sofrer o estado do pobre Prégent, desde o momento em que começou a perder a saúde, até o da sua morte. Durante muito tempo tive motivos para louvar o Almocreve Manuel da Costa; mas, entre o povoado de Aldeia Velha e o Quartel de Riacho, ele me declarou que, tendo uma pequena altercação com meu criado, deixar-me-ia no Rio Doce. Creio que ele ficaria muito incomodado se eu o tivesse levado a sério, mas só via dificuldades para mim mesmo caso este homem me deixasse,

---

*Spnea museiformis Lam. Essai,* pág. 43 – *phoerococcus museiformis* Ag. Syst., 238 – Lecta non tantum modo, propé Aldeia Velha, sed. propé, Aldeia dos Reis Magos, Prov. do Espírito Santo e Itapacoroia, Prov. Sta. Catarina.

* *Ulvaceoe – Enteromorpha clathrata,* – Grev. Alg. Brit., pág. 181 – *Solenia clathrata* Ag. Syst. Al., pág. 186. Lecta in salso lacu vulga Saquarema.

* *Ulva linza* – L. Grev. Alg. Brit., pág. 173 – Solenia Linza Ag. *Syst.* Alg., pág. 185 – Lecta propé Itapacoroia, Prov. de Sta. Catarina.

Gréville cobs. I): Greville, tão conhecido pelos seus bons trabalhos, teve a bondade extrema de catalogar todas as minhas algas brasileiras. Vou citar, conforme ele o fez, a série das espécies que recolhi perto de Macaé e não modificarei, absolutamente, as notas que o cérebre criptogamista escocês me comunicou.

Manguinhos (II) : *Schizoea trilaterais*, sck. crypt., 137, t. 136 Grev. Fil. I. t. 54.

S. stipitibus cespitosis, simplicibus, triquetris, imâbasi subteretibus, summo apice attenuati, scabriusculis, glaberrimis, fronde pennato-digitata; divisuris (spieulis auct) saepius denis, linearibus, intus canaliculatis capsuliferis crinitisque. in duas phalanges dispositis primum invicem (anuum more) applicatas et erectas demum hinc et inde falcato-recurvas (uno latere in speciminibus Grevillieanis). Stipites pedales et ultra, basi nigrescentes, saepe ad medium tortiles. Frons polliearis Obs.: 1.ª – A analogia prova que a parte que se chama *stipes* corresponde àquela também chamada pelos autores, nas outras, fetos. Gaudichaud mostrou (*Voyage* Ur. Bot.) que partilhava desta maneira de ver, pois descreveu o S. australis da mesma forma que todos os botânicos e indica assim, nas suas observações, a parte inferior da espiga como sendo um verdadeiro estipe. 2.ª – Quando a figura publicada por Greville não me tivesse convencido da identidade da sua espécie e da minha, esta identidade teria ficado suficientemente demonstrada pela excelente descrição do sábio escocês. Existe, entretanto, sensível diferença entre a planta de Greville e a recolhida por mim em Manguinhos: porque na primeira as divisões frutíferas se inclinam todas do mesmo lado e na segunda umas se inclinam para a direita e as outras, opostas, para a esquerda, 3.ª – Como Sprengel atribui (*Syst.* IV, 30) a seu S. *Trilateralis* diversões frutíferas lanceoladas lineares – ele duvidaria que esta planta fosse a de Schkuhr e por conseguinte a minha.

Ainda indicarei, conforme determinações de Greville, alguns *Fucus* que encontrei, como o S. *trilateralis*, perto de Manguinhos.

com minhas coleções e minha bagagem, numa região deserta, onde ninguém conhecia o serviço de tropas. Esforcei-me, portanto, para acalmar o Manuel da Costa e consegui sair bem sucedido. Detive-me num posto militar (Quartel de Riacho)[5] que fica na embocadura do rio chamado Riacho e se destina a proteger, contra os botocudos, os viajantes e alguns índios civilizados estabelecidos neste distrito.

Compõe-se o posto de 4 pedestres e um comandante, que, apesar de nomeado pelo governador, não passa de simples pedestre, com soldo não maior que o dos outros. Este destacamento ocupa uma grande cabana isolada, onde se acolhem os viajantes; passei a noite ali.

Saindo de Riacho, encontrei, a meia légua de sua embocadura, vastas pastagens e um lugarejo habitado por índios civilizados, que cultivavam a terra e criavam gado.

Depois do lugarejo de que acabo de falar e que se chama Campos do Riacho (pastagens do Riacho) o rio do mesmo nome passa a chamar-se Rio da Lagoa; e se subíssemos ainda mais por ele, chegaríamos a um posto militar de índios, onde começa um caminho que leva à Vila de Linhares, situada à margem do Rio Doce. Eu teria podido seguir essa estrada, mas, como os botocudos aí aparecem de tempo em tempo tornando-a perigosa, achei melhor continuar a costear o mar. Quando eu estava no posto militar de Riacho, vi uma piroga chegar do Oceano à embocadura do rio. Era conduzida por índios que tinham ousadamente embarcado na Vila da Vitória e que, demora, se puseram a subir o rio para ir a Campos do Riacho. Nesse distrito, os índios civilizados fazem violas para seu uso com a madeira do jenipapeiro e uma outra madeira, branca e extremamente leve, denominada tajibibuia.[6] Vi um desses instrumentos e fiquei admirado do capricho com que ele havia sido trabalhado.

No dia em que dormi no quartel de Riacho, a chuva começou a cair. Fazia vento sul, coisa extraordinária nesta estação, provocando extremo frio.

No dia seguinte, deixei o quartel do Riacho e passei o rio numa piroga que me forneceu o comandante do posto. Neste dia fui forçado a fazer caminho duas vezes mais que ordinariamente, porque, desde Riacho até a embocadura do Rio Doce, onde cheguei à tarde, não se acha água doce, nem casas. Acompanha-se constantemente, uma praia areno-

---

5 A palavra portuguesa quartel significa uma caserna ou casa que serve de habitação a um posto militar.

6 Conforme Marcgrav (*Hist. Nat. Braz.*, 222) *tagibi* era o nome da *sarigne* entre os Potiguaras ou Pitiguares, tribo da sub-raça tupi. Não consegui saber o que quer dizer *buia*.

sa, marginada de florestas, onde crescem, misturados, mas em grupos, os quiriris (*Allagoptera pumila Neuw Schrad*) , ananases e diversos arbustos, entre os quais uma Rubiácea perfumosa (*Gardenia richardii* Var. *p. rugosissima* N² e, sobretudo, a *Clusia rosea* ("Flora Bras" med. Lin") cujas folhas largas são vermelhas no fundo e brancas nas extremidades. Lá se encontram ainda em abundância a *Remirea maritima* Aub 3, Ciperácea de folhas duras e espinhosas e uma Composta (*Vernomia rufogrisea* N. 1), que tem o aspecto e a cor cinzenta dos nossos salgueiros pequenos das altas montanhas. Mas, embora esta praia ofereça algumas plantas curiosas, não é menos verdade que é de monotonia fatigante. A falta de água afasta inteiramente os pássaros e os insetos e ali apenas percebemos vestígios de alguns quadrúpedes, os de tatu, de tamanduá e de um cabrito. O tempo sombrio, o vento frio e violento do sul e a agitação das águas do mar aliavam-se ainda à tristeza peculiar a esta região deserta. Durante toda a jornada, o sol ficou coberto pelas nuvens; não sofri mais dos nervos, o que me havia acontecido raramente desde o início de minha viagem, porém, uma profunda melancolia acabou por me vencer; pensei na minha família, da qual havia muito tempo não recebia notícias, e negros pensamentos vieram preocupar-me.

O aspecto do Quartel da Regência, que era o fim desta longa marcha, não me alegrou. É uma grande cabana isolada, construída no meio da areia, pouco aquém da embocadura do Rio Doce e de onde se descortina o mar. Aí se escuta, sem cessar, o estrondo das ondas; para o oeste, a vista é limitada por florestas imensas, e para o norte vislumbra-se, entre as brenhas, o rio, cuja margem norte é também coberta de matas.

A caserna de Regência fora construída por um destacamento de pedestres[7] destinado a proteger a foz do rio. Esse destacamento se compõe de cinco homens, incluído o comandante, que aqui, como em Riacho, é um simples soldado.

A administração mantém, junto do posto de Regência, muitas pirogas, de que se servem os pedestres para trazer as ordens do Governador da Província ou de seus delegados. Nessas pirogas é que se transpõe o rio, quando se vai, por terra, do Espírito Santo à Província da Bahia.

Pagavam-se, então, 160 réis (1 franco) por pessoa e outro tanto pelos cavalos; os soldados do posto fazem o trabalho de remadores e repartem entre si o produto do transporte. As pessoas que querem ir a Linhares

7 Já citei esta milícia.

são obrigadas a esperar que venham pirogas dessa vila ou que a ela se enviem alguns pedestres. Aos viajantes munidos de recomendações ou ordens do governador são fornecidos, para subir o rio, soldados e pirogas. Os postos, muito próximos, que se acham entre Vila Nova e o Rio Doce, fazem parte da primeira divisão militar do Espírito Santo, comandada por um alferes com moradia em Linhares. O estabelecimento desses postos data do governo de Antônio Pires da Silva Pontes Leme e, por conseguinte, não é muito antigo.

Antes dessa época, toda comunicação por terra entre Vila Nova e a embocadura do Rio Doce, ou, se se quiser, entre as Províncias de Porto Seguro[8] e da Bahia, devia ser impossível. É preciso, então, reconhecer que a administração de Pontes Leme, em geral tão cruel, foi, sob esse ponto de vista, útil a esta região.

---

8 A Província de Porto Seguro confina com o Espírito Santo.

## Capítulo VII

# O RIO DOCE – A NOVA COLÔNIA – A LAGOA JUPARANÃ

*O Rio Doce; sua embocadura; seu curso; suas cascatas; sua nascente. História da navegação do Rio Doce. Obstáculos a essa navegação. Insalubridade do rio. O autor navega no Rio Doce. Descrição da parte desse rio próxima da embocadura. O colono Antônio Martins. Florestas vizinhas de sua habitação. Insetos. Descrição da parte do rio compreendido entre a morada de Antônio Martins e a povoação de Linhares. O quanto seria útil fundar estabelecimentos às margens do Rio Doce. Povoação de Linhares. Sua situação. Sua igreja. Forças militares. Cultura e comércio. História de Linhares; a de João Filipe Calmon e suas desgraças. Ribeira que vai do Rio Doce ao Lago Juparanã. Descrição desse lago. O Tenente Coronel Guido Tomás Marlière e a civilização dos botocudos do Rio Doce.*

O Príncipe de Neuwied estima que o Rio Doce, pouco antes de se reunir ao mar, tem, durante a estação das chuvas, o dobro da largura do Reno, nos locais em que este mais se estende. Um banco de areia se alonga obliquamente, diante da embocadura do Rio Doce. O canal pelo qual suas águas se lançam no Oceano muda muitas vezes de lugar, mas, só é formado na parte sul do banco de areia; tem cerca de duas braças de largura e nunca mais de 5 a 6 pés de profundidade. Mesmo nas marés altas ou na estação das águas, apenas permite a entrada de pequenas embarcações. Numa distância de 22 léguas, da foz até o Rio Guandú, barcos de fundo chato podem subir o rio, navegando à vela; nesta mesma extensão, sua largura mais comum é de 1/4 de légua a ½ , mas, seu leito, obstruído pelos resíduos das "lavagens" da Província de Minas, tem pouca profundidade, sobretudo no tempo da seca. Um pouco antes do Rio Guandú acha-se o posto militar chamado Posto do Sousa, o último pertencente à Província do Espírito Santo. Além desse ponto e até à confluência do Guandú, o Rio Doce, muito estreito, corre com violência e apenas pode ser vencido com a ajuda de reboque de terra.

Este Rio Guandú nasce na montanha chamada Serra da Costa; e, do lado do sul, lança-se no Rio Doce, servindo, com a Ilha da Esperança, de limite entre o Espírito Santo e Minas Gerais.

Acima do Guandú começam as famosas *Escadinhas.* É uma série de rápidos e de pequenas cascatas que estorvam completamente a navegação do rio. Prolongam-se numa extensão de ¾ de légua. Diz-se que seria fácil fazer um canal lateral do lado do sul. Do mesmo lado e mais acima que as *Escadinhas,* se acha a confluência do Moemaçu ou Manhuaçu, que nasce nas montanhas desertas do Itapemirim, tão abundantes, dizem, em ouro em pó quanto as de Vila Rica, outrora o foram.

O senhor d'Eschwege julga que a diferença de nível entre o Oceano e um ponto tomado 10 léguas acima das *Escadinhas* seria de 1.165 pés ingleses, o que daria, em termo médio, uma queda de 28 pés por légua.[1] Cinco léguas além do Manhuaçu estão os rápidos chamados Cachoeira do Inferno, que só deixam os barcos subirem com o auxílio de reboque de terra. Num espaço de 10 a 12 léguas, a navegação é ainda dificultada por pedras isoladas, mas, com um pouco de trabalho, poder-se-ia torná-la menos difícil. Mais acima acham-se os rápidos de Eme; devem eles seu nome às rochas que, formando no rio 3 ângulos agudos, apresentam, aproximadamente, a figura de um M;[2] não se poderia fazê-las desaparecer sem muito trabalho. Entre o Eme e a confluência do Rio Cuiaté ou Cuité, que une suas águas às do Rio Doce, vindo do sul, existem também, numa média de 6 léguas, umas rochas de fácil destruição. Subindo sempre o rio, encontram-se, a 3 léguas de Cuiaté, os rápidos chamados Cachoeirinha, onde a navegação, ainda uma vez obstruída, poderia tornar-se fácil com certo trabalho.

1 O Rio Doce é tão pouco conhecido que creio dever dar sobre seu curso os detalhes de sua extensão.

2 É este o Eme que já indiquei, com alguma alteração, com o nome de Uemi, no meu livro *Viagem pelas Províncias do Rio de Janeiro e Minas Gerais*, pág. 177. O que digo do Curso do Rio Doce, completará ou retificará o que já escrevi sobre este Rio, numa época em que não tinha sob minhas vistas todos os manuscritos de que hoje faço uso.

É de notar que desse lugar até o Oceano, nenhum rio vem do norte juntar suas águas às do Rio Doce. A três léguas de Cachoeirinha encontram-se os rápidos de Ibiturunas; eles não interrompem os canoeiros no tempo das enchentes, mas, nas secas, trazem alguns obstáculos. Subindo de Ibiturunas à confluência do Rio de Antônio Dias ou Santa Bárbara, distante 22 léguas, acham-se as cachoeiras dos Maguaris e Escura que apresentam muitas dificuldades e que os barcos só atravessarão com meios mecânicos.

Nessa extensão de 22 léguas, de que acabo de falar, é que as ribeiras chamadas Sussuí pequeno, Sussuí grande, Corrente e Santo Antônio[3] se reúnem ao Rio Doce; vêm do norte, sendo navegáveis em parte de seu curso, e poderiam ser muito úteis à Comarca do Serro Frio, cujos campos fertilizam. Nove léguas acima da confluência do Rio Santa Bárbara acha-se Antônio Dias, a primeira vila da Província de Minas Gerais que se situa à margem do Rio. Esse intervalo de 9 léguas não ofereceria obstáculo algum à navegação se não fosse ainda o lugar chamado Cachoeirinha, onde bastaria romper um rochedo chato para dar passagem aos barcos. Calcula-se que, de Antônio Dias até o mar, o rio, que descreve muitas sinuosidades tenha um curso de cerca de 90 léguas; crê-se, contudo, que seria apenas de 40 léguas em linha reta.

Acima de Antônio Dias, o Rio Doce recebe as águas do Percicaba, que vi em São Miguel de Mato Dentro e cuja embocadura forma o limite da comarca de Sabará.

Disseram-me que, não obstante os obstáculos que muitas vezes retardam os canoeiros, pode-se, com pirogas, ir em 8 dias da foz do Percicaba ao oceano. Mais acima do Percicaba[4] acha-se a confluência do Rio Bombassa, e ainda mais acima, a do Gualachos. Depois de receber as águas destes últimos é que o Rio Doce deixa a direção norte e nordeste, que vinha seguindo até então, e toma a de leste. Acima do Gualachos, as águas do Piranga se unem às suas e então ele toma o nome de Rio Doce, que conserva até o mar.[5] Em Mariana, ele recebe o nome de Ribeirão do Carmo e em Vila Rica, quer dizer, algumas léguas mais

3 Já citei em meu primeiro relato vários afluentes do Rio Doce.

4 Depois de haver relacionado os botocudos aos luso-brasileiros, o Sr. Guido Tomás Marliére fundou na mata, 10 léguas acima da embocadura do Percicaba, a nova colônia de Petersdorff.

5 Cazal diz (*Cor.*, I, 366) que somente acima de Percicaba o Rio Doce toma seu verdadeiro nome. Segui aqui a opinião de Eschwege, que reside há muito tempo neste lugar (*Voyg. Journ. Braz.*, I, 52).

acima, tinha o de Ribeirão do Ouro Preto.[6] Aí, é apenas um riacho insignificante subdividido sem cessar pelos mineradores e, se seguirmos suas margens, chegaremos à sua nascentes[7] que se acha nas montanhas vizinhas da Capital de Minas Gerais.[8] Quando nenhum filho de europeu habitava ainda o interior das terras e tribos de índios ferozes percorriam as vastas florestas da Província de Minas Gerais e as margens do Rio Doce, alguns homens empreendedores tentaram subir esse rio. Existiam, afirmava-se, minas de pedras preciosas entre o Território de Porto Seguro e a Província do Espírito Santo. O Governador Geral do Brasil, Luís de Brito d'Almeida, quis saber se essa opinião tinha algum fundamento e encarregou Sebastião Fernandes Tourinho de fazer pesquisas nos ermos onde a imaginação ardente dos portugueses colocava tantas riquezas. Tourinho viajou em 1572 no Rio Doce e, após alguns meses de penosa navegação, voltou, dizem, trazendo esmeraldas e safiras que, provavelmente, não passavam de cristais coloridos, turmalinas ou pedaços de enclases. Alguns aventureiros seguiram a trilha de Tourinho e, bem mais tarde, Marcos de Azeredo, ousando como ele navegar o Rio Doce, mostrou ao voltar prata e esmeraldas. Foi também depois de ter subido o

---

6 Achar-se-ão, no meu livro *Viagem Pelas Províncias do Rio de Janeiro e Minas Gerais*, capítulos VI e VII, os detalhes sobre o Ribeirão Ouro Preto e Ribeirão do Carmo, cabeceiras do Rio Doce.

7 Cazal diz (Corogr., I, 366) que o Rio Doce nasce na Serra da Mantiqueira. Se daí ele alcança os contrafortes da Grande Cadeia Ocidental de Minas Gerais (Serra do Espinhaço) a asserção é exata, porque as montanhas de Vila Rica fazem parte desta cadeia. Mas ele se enganou se, por Serra da Mantiqueira, designa a parte da cadeia chamada Mantiqueira no próprio lugar. De resto, é raro que se encontrem erros a corrigir em Cazal e eu não pude deixar de me surpreender com a severidade com que o julgaram ao N. da Europa. Antes de Cazal, nada havia ainda impresso sobre numerosas províncias do Brasil, e não se possuía, sobre outras, senão documentos incompletos ou antiquados. Este escritor reduziu, por assim dizer, a zero a Geografia Brasileira e poder-se-ia citar obra sobre a França, que, embora impressa em nossos dias, é talvez menos exata que a sua.

Cazal percorreu algumas partes do império brasileiro; enquanto residiu no Rio de Janeiro ia ver todos os estrangeiros que chegavam do interior a esta cidade; interrogava-os, comparava cuidadosamente suas próprias notas com os apontamentos que obtinha deles, e ao fim de 20 anos, quando acreditou saber a verdade, publicou seu livro. Eis um autor eminentemente original, que não temeu ser chamado um compilador. Cazal, em seu trabalho, não poupou forças nem seus meios pecuniários. Ignoro que tivesse recebido dos brasileiros alguma prova de reconhecimento ou que algum soberano o tivesse recompensado; e hoje ele vive em Lisboa, na indigência, sem poder publicar a 2.ª edição de sua *Corografia*. Os europeus, aos quais seu trabalho não foi inútil, deveriam ao menos render ao autor um pouco mais de justiça.

8 Não tendo subido o Rio Doce acima da Aldeia de Linhares, transcrevo o que digo sobre o curso do Rio Doce de uma memória manuscrita de João Vieira de Godói Álvaro Leme que, como já disse anteriormente (vol. I, pág. 123), navegara inúmeras vezes pelo rio. Consultei também Cazal, Pizarro e von Eschwege.

mesmo rio que Rodrigues Arzão trouxe, em 1695, as primeiras amostras de ouro que foram encontradas em Minas Gerais.[9]

De acordo com as instruções que Arzão havia deixado, seu sogro, Bartolomeu Bueno de Siqueira, conseguiu chegar onde é hoje Vila Rica, e os buscadores de ouro chegados depois de Bueno ao país das minas passaram, sem dúvida, igualmente pelo Rio Doce, pois tinham consigo, escravos aprisionados na vizinhança desse rio.

Comunicações mais fáceis foram, todavia, desde logo abertas entre as regiões auríferas e o litoral e parece que, durante muitos anos, ninguém pensou mais na navegação do Rio Doce, cujas margens continuaram a ser asilo de diversas tribos de índios selvagens. Mas já no fim do século 18 os mineiros lastimavam o esgotamento de suas minas e o de suas terras de cultivo. Dom Rodrigo José de Menezes, governador da província, se comoveu com os lamentos dos seus administrados e quis entregar-lhes novas florestas. Era homem corajoso e empreendedor; ele mesmo se internou, em 1781, nos desertos por onde correm os afluentes do Rio Doce e deu a seu ajudante de campo, José Joaquim de Siqueira e Almeida, ordem de descer esse Rio até aos rápidos chamados *Escadinhas.* Cerca de 25 anos mais tarde, o Rio Doce foi explorado de maneira mais regular pelo Governador Pontes, que, apesar de suas extravagâncias, prestou ao Brasil, sua pátria, relevantes serviços[10] com seus sábios trabalhos.

Pontes afrontou todos os perigos, subiu o Rio Doce e começou o mapa desse rio, cuja continuação se deve a seu sobrinho e a Antônio Rodrigues Pereira Taborda, alferes do regimento das Minas.[11] O Ministro de Estado, Dom Rodrigo Coutinho, Conde de Linhares, tinha muita instrução e imaginação muito ardente, para deixar de se interessar pela utilidade que podia existir no comércio da Província de Minas Gerais e o do litoral do Rio Doce, tornado afinal, navegável. Assim, fez esforços para afastar muitos dos obstáculos que se opunham a que se subisse esse rio; fundou, próxima à sua foz, a Vila de Linhares e publicou um decreto pelo qual o Governo isentava de tributos as mercadorias que passassem, por água,

---

9 Ver o volume 4 desta coleção, pág. 45.

10 Antônio Pires da Silva Pontes Leme nasceu na Província de Minas e contribuiu para fixar os limites do Brasil nas Províncias do Pará e de Mato Grosso. Não sei ao certo em que ano Pontes foi nomeado governador do E. Santo, mas seu sobrinho Manuel José Pires da Silva, que o acompanhou na perigosa viagem ao Rio Doce, me disse, em 1818, que tinha sido cerca de 10 anos antes.

11 South., *Hist. of Braz.*, I, 312; III, 46, 50; Cazal, *Corogr.*, II, 357; Piz., *Mem.* Hist, III, 20, VII, 2.º, 48.

da Província do Espírito Santo para a de Minas Gerais. Encorajados por esse decreto, aventureiros audaciosos começaram a subir e a descer o Rio Doce; logo depois, entretanto, apareceu, às margens do rio, uma tropa de fiscais alfandegários. Estes homens, tomados como agentes de um poder desleal às suas promessas, não prejudicaram por muito tempo os canoeiros; atingidos pelas febres que causam tantas desgraças em regiões vizinhas ao Rio Doce, morreram e o rio ficou livre como antes era.

O governo muito louvara as vantagens que se extraíam, dizia, da navegação do Rio Doce e quando o sal, transportado no lombo de animais, na Província das Minas, se vendia ali sempre a preços excessivos, imprimia-se na *Gazeta* do Rio de Janeiro que essa substância, graças à navegação do Rio Doce, poderia afinal ser comprada pelos Mineiros por preços mais módicos.

O fato é que, na época da minha viagem, alguns mulatos de Minas Gerais apenas ousavam descer o Rio Doce, em pirogas, a fim de comprar sal na Vila de Linhares, deixando aí queijo, toucinho e outros gêneros de suas regiões. Em 1819, o Governo concedeu diversos privilégios a uma companhia que se havia fundado para tornar mais fáceis o comércio e navegação do Rio Doce. Mas esta sociedade não deu resultados e foi logo dissolvida, pois o francês Marlière, inspetor das divisões do Rio Doce e Diretor Geral da Civilização dos Índios, me escrevia em Dezembro de 1824 que não existia realmente nenhuma companhia para a navegação do rio e que, provavelmente, nenhuma se criaria.[12]

Os rochedos que se levantam no meio do Rio Doce opõem grande obstáculo à navegação deste rio, mas, como se viu, alguns desapareceriam com pouco trabalho e outros seriam evitados, cavando-se lateralmente canais de pouca extensão. Tornados amigos dos luso-brasileiros pelos cuidados do generoso Marlière, os botocudos não devem inspirar, hoje, mais inquietações aos navegadores. Mas, existe um perigo que só numerosos desbravamentos poderiam dominar ou diminuir e que, portanto, subsistirá muito tempo: é a insalubridade de várias regiões vizinhas do rio. Essa insalubridade é causada não só por suas águas como pelas de seus afluentes, que, nas estações de chuva, transbordam do leito, formando poças e infetando o ar com vapores perigosos. Raramente os que descem e sobem o Rio Doce não são atingidos por febres malignas

[12] Desde 1824, a navegação do Rio Doce foi concedida pelo governo a uma companhia anglo-brasileira.

* Trata-se de malária (M.G.F.).

ou intermitentes* e estas podem deixar sinais duradouros, pois Manuel José Pires da Silva, que tive a felicidade de encontrar em Minas Gerais,[13] se ressentia, ainda em 1818, de uma doença que havia contraído 8 ou 10 anos antes, ao descer o Rio Doce, sob o Governo de seu tio, Antônio Pires da Silva Pontes Leme. As margens do São Francisco não são em absoluto insalubres, num período de 2 a 3 anos, porque esse tempo basta para se evaporarem as águas do rio, transbordadas sobre terreno descoberto.[14] No Rio Doce não é assim. As espessas florestas que sombreiam suas margens impedem a ação do sol; a evaporação das águas transbordadas se efetua lentamente, continuando de um ano para outro, e em qualquer estação é perigoso descer ou subir o rio. Para resguardar-se, tanto quanto possível, das febres a que estão sujeitos os navegadores do Rio Doce, é preciso não passar a noite nas pirogas, nem mesmo dormir nas margens do rio, sem precaução cuidadosa contra o sereno e a umidade; é preciso tomar cuidados e alimentação substancial, e não se expor ao ardor do sol nas vizinhanças do leito do rio.

Chegando ao Posto de Regência, eu mostrara ao comandante o desejo de embarcar no Rio Doce para ir à Vila de Linhares. No dia seguinte, uma piroga e dois remadores estavam às minhas ordens. Forçoso era fazer tal viagem por água, pois nenhuma estrada leva a Linhares ou pelo menos corre a margem esquerda do rio, exceto uma trilha mal aberta e embaraçada de galhos e espinhos. Deixei no posto algumas de minhas malas, com Manuel da Costa, que tinha função de tropeiro, e embarquei com Prégent e o botocudo Luís da Silva, que me servia de guia desde a Capital do Espírito Santo.

Toda a parte do rio que percorri, no primeiro dia de viagem, não tinha mais de 3 ou 4 pés de profundidade; mas esta, durante a estação das chuvas, aumenta de modo considerável. Quase na foz, suas águas são muito doces e podem ser bebidas; todavia, na época das águas, chegam carregadas de limo avermelhado, que é simplesmente o resíduo da mineração da Província de Minas.

Até onde parei, quer dizer, provavelmente pela extensão de um par de léguas, as margens do rio são perfeitamente planas, cobertas por inteiro de árvores, que são tanto mais robustas quanto mais se afastam da foz. Esta perfeita igualdade do solo sem dúvida se deve à diferença que observei entre o aspecto do Rio Doce e o do Jequitinhonha.

---

13 Ver o volume 4 desta coleção, pág. 120.

14 Idem, idem, página. 336.

As margens deste último são muitas vezes dominadas por montanhas; ora parecem um belo lago perfeitamente tranquilo, ora rochedos negros, de forma muito variada, se erguem no meio de suas águas; nunca, porém, é bastante largo para que não se possa, ao atravessá-lo, distinguir perfeitamente os diversos efeitos da vegetação mostrados pelas árvores das margens.[15] Não é assim no Rio Doce. As florestas que o margeiam me parecem menos elevadas que as do Jequitinhonha e, quando navegava no primeiro destes rios, nada via à direita e à esquerda além de uma massa de vegetação quase uniforme. Entre a embocadura do Rio Doce e o lugar onde eu estava, não notei junto ao rio, ao sul, qualquer sinal de desbravamento; e na margem esquerda só contei 4 miseráveis cabanas habitadas por índios civilizados, que haviam derrubado um pouco da mata para poder plantar mandioca, aboboras e melancias. Esses índios estavam retirados nesse lugar deserto para fugir às perseguições de que sua raça era vítima em Benevente, Vila de Nova Almeida e além. Os maridos iam à caça, pescavam no rio ou repousavam em casa de colonos luso-brasileiros, enquanto as mulheres cultivavam a terra para sustento da família. Assim, mesmo civilizados, os índios, ou muitos deles, conservaram, com seu caráter, muitos dos antigos hábitos.[16] Hospedei-me na quarta dessas cabanas, construídas à margem esquerda do rio. Pertencia a um branco, o primeiro colono que se sabe contemporaneamente estabelecido nas margens do Rio Doce. Este homem, chamado Antônio Martins, fixara-se primeiramente um pouco mais abaixo; porém, casando seu filho, cedeu-lhe o primeiro estabelecimento e veio desbravar outro trato de terra mais perto de Linhares. As margens do Rio Doce são de tal modo férteis que quase três quartas de terra bastam para a vida da família de Martins, composta de 12 pessoas, e ainda sobra a essa boa gente abundância de farinha de mandioca para que a possa vender. Todos me asseguraram que se exageravam muito os perigos da insalubridade do rio, dizendo-me que nunca adoeceram. Quando cheguei à casa de Antônio Martins, sua mulher e seus filhos se apresentaram a mim, pois, como já disse as mulheres em toda essa região do litoral não fogem ao estrangeiro. Perguntei à mulher do meu hospedeiro se não se aborrecia por viver em solidão tão profunda. Não tenho eu, respondeu-me, minha família,

[15] Desnecessário é dizer que me refiro, quanto ao Jequitinhonha, só à parte que nele naveguei. Ver meu livro *Viagem pelas Províncias do Rio de Janeiro e Minas Gerais*, pág. 238.

[16] Sabe-se que nos lares das antigas tribos selvagens do litoral eram as mulheres que plantavam e faziam as colheitas.

os cuidados de meu trabalho e esta companhia? Ajuntou, mostrando-me pequeno oratório, que encerrava a imagem da Virgem.

Nesse dia quase não pude distrair meus hospedeiros porque a longa jornada da véspera muito me tinha cansado. Os sofrimentos do pobre Prégent aumentavam os meus e comecei a achar que esta viagem estava acima de minhas forças. Depois de ter chegado à casa de Antônio Martins, notei que esquecera no Posto de Regência uma pasta de plantas que não estavam completamente secas. Não querendo perder essas plantas, deixei, no dia seguinte, Prégent e o botocudo em casa de meu excelente hospedeiro e parti numa piroga, com meus dois remadores e o bom camarada Luís, para voltar ao Posto. Nessa pequena viagem tivemos chuvas muitas vezes, e com ela nos regozijamos em favor dos pobres lavradores, que viam com ansiedade o tempo das secas prolongar-se além do comum.

Regressei bastante cedo para ter tempo ainda de fazer no mesmo dia uma herborização e entrei nos bosques vizinhos da casa do meu hospedeiro. Os do Jequitinhonha têm talvez, como já disse, altura maior; porém são ao mesmo tempo, creio, menos espessos e menos sombrios. Como em todas as florestas primitivas, a vegetação aqui é muito variada, mas encontrei poucas plantas floridas. Em muitos lugares, entretanto, o chão estava juncado de corolas roxas e de suas folhas novas, que são purpurinas. Essas florestas servem de refúgio a grande número de animais selvagens, como veados, onças, pecarís, antas e inúmeras espécies de macacos. Nessa época eram também asilo de tribos errantes de botocudos, dos quais os colonos só falavam com pavor. Mais de uma vez Antônio Martins encontrara pegadas deles perto de sua casa, mas nunca fora atacado por esses índios. No decorrer do passeio que fiz pelos arredores da casa de Antônio Martins, encontrei quase tantos insetos quanto em todo o resto de minha viagem no litoral. Na estação das chuvas, como disse anteriormente, é que esses animais reaparecem. Geralmente, fogem à seca e ao sol, gostam da umidade, e dão-se bem nas sombras espessas. Dois dias depois de ter chegado à casa de Martins, embarquei com meus três pedestres, Prégent e o índio Firmiano, para continuar viagem a Linhares. Os 3 soldados conduziam a piroga; o pobre Prégent, completamente entregue a seus sofrimentos e à sua melancolia, não tinha para mim préstimo algum e vi-me obrigado a conversar unicamente com o botocudo, que nem sempre se fazia entender muito bem. Para me distrair, fiquei a escrever, apesar dos balanços da canoa, que, sem cessar, atrapalhavam minhas mãos e me deixavam na quase impossibilidade de traçar caracteres visíveis. Entre o Posto de Regência e a cabana de Antônio Martins eu tinha, durante muito tempo, visto o mar e os bancos de areia que fecham a entrada do rio. Chegando à casa de Martins, em Linhares, vi apenas o rio e as inúmeras florestas que se estendem em suas margens; durante toda essa viagem, nenhuma habitação se mostrou a meus olhos. As pequenas ilhas que, como as margens do rio, são cobertas de matas que se elevam aqui e ali, do meio das águas, oferecem à paisagem alguma variedade. Nenhum ruído nos fere os ouvidos, além dos murmúrios dos ventos que agitam a folhagem das árvores, o canto alegre da araponga e o do pavão, semelhante aos sons de uma flauta ouvida ao longe.

Talvez, não exista, região mais favorável aos estabelecimentos da agricultura que a parte das margens do Rio Doce vizinha ao mar. Efetivamente, a terra produz, com igual fecundidade, milho, feijão, arroz, cana-de-açúcar, algodão, mandioca; de todos os lados se erguem matas magníficas e o rio fornece um meio fácil de exportação. Da foz do Rio Doce, pode-se chegar ao Rio de Janeiro em 4 dias e a brevidade dessa travessia, assim como a vizinhança da Vila da Vitória, asseguram pronta venda de todas as mercadorias. Entretanto, até a época de minha viagem, dois motivos concorriam para afastar dessa região aos que desejassem estabelecer-se nela: o pavor das doenças e dos botocudos.

É incontestável que as terras da Província de Minas banhadas pelo Rio Doce são insalubres, como já disse; é incontestável, também, que, chegando à embocadura do rio, os estrangeiros são quase sempre atacados pelas febres; mas isto é um tributo que somente se paga uma vez; elas cedem, ao que parece, ao menor vomitório e posso dizer que, entre o Rio de Janeiro e o Rio Doce, não vi mulher alguma de tez mais fresca e de cores mais bonitas que as filhas do lavrador Antônio Martins. Quanto ao temor que antigamente havia dos botocudos, deve estar agora inteiramente afastado, porque, graças aos cuidados do senhor Guido Tomás Marlière, esses indígenas se tornaram amigos dos luso-brasileiros; e mesmo na época da minha viagem não deviam ser tão perigosos quanto se supunha, pois não haviam feito nenhum mal a Antônio Martins, estabelecido nessa região há tanto tempo. Enquanto eu me entregava a reflexões, a canoa subia o Rio Doce com lentidão e, quando ainda estávamos muito longe de Linhares o sol quase desapareceu.

Durante todo o percurso o tempo estivera sombrio e chuvoso, mas clareou para a tarde e então, do lado oeste, divisei no horizonte as montanhas de Juparanã; o rio corria majestoso entre as escuras florestas que o margeiam. Completa calma reinava em toda a natureza e o silêncio do ermo era apenas perturbado pelo canto de umas pequenas cigarras e pelo barulho dos remos de que se serviam meus canoeiros. Solidões vastas assim têm qualquer cousa de imponente e eu me sentia humilhado diante desta natureza tão possante e austera; minha imaginação se assustava, quando eu pensava que as matas imensas que me cercavam se estendiam para o norte, muito além do Rio Grande de Belmonte; que elas ocupam toda a parte leste da Província de Minas Gerais; que cobrem, sem qualquer interrupção, as do Espírito Santo e do Rio de Janeiro, parte da Província de São Paulo, completamente a de Santa Catarina, o norte e o oeste da Província do Rio Grande do Sul e que, além das Missões, irão, possivelmente, unir-se as do Paraguai setentrional. Como meus canoeiros lutassem muito, por vezes, para fazer a canoa avançar, só chegamos a Linhares às 11 horas da noite. Desembarquei numa fazenda, a de Bom Jardim, que se acha à margem direita do rio, em frente à vila e que então pertencia ao falecido senhor João Felipe Calmon. Eu conhecera esse agricultor no Rio de Janeiro; apresentei à sua esposa uma carta de recomendação que ele me havia dado para ela e fui perfeitamente acolhido. Acompanhado pelo jovem Anselmo, filho de João Felipe, fui no dia seguinte a Linhares, onde me demorei até à noite. Diante da fazenda de João Felipe ou nas suas imediações, o Rio Doce, descrevendo uma curva, se dirige um pouco para o norte. No meio dessa espécie de bojo, a margem se levanta a pique acima do rio e se arredonda para formar uma meia lua, perfeitamente regular, que de longe parece uma fortaleza e cujo topo se assemelha a larga plataforma. Foi onde se teve a feliz ideia de construir a Aldeia de Linhares, ou Santa Cruz de Linhares. Ali só existem choupanas; mas são dispostas com simetria e desenham os 4 lados de uma praça perfeitamente quadrada, coberta de grama; na época de minha viagem, estavam terminando a igreja, que será muito bonita; ocupa o centro do lado norte da praça; fica, entretanto, um pouco afastada das casas e atrás dela as matas formam magnífica cortina. À frente da plataforma escolhida para se construir Linhares, aprecia-se uma vista imponente e bastante alegre. O rio corre majestosamente abaixo da vila, muitas ilhas se elevam no meio dele e, do outro lado da margem, avista-se o engenho de Bom Jardim, rodeado de terrenos cultivados, que contrastam com as florestas virgens. Embora situada na margem esquerda do Rio Doce, Linhares forma parte integrante da Província do Espírito Santo.[17]

[17] Calcula-se, na região, em 4 léguas a distância de Linhares à embocadura do Rio Doce. O Príncipe de Neuwied eleva-a a 10 léguas.

Esta vila é sede de uma paróquia, a última da diocese do Rio de Janeiro, do lado norte.[18] É também a da primeira divisão militar da província, e lá reside, como disse, o alferes, ou 2.° tenente, encarregado do comando da divisão. As forças desta última se compõem somente de cerca de 50 homens; entretanto, há para eles um hospital militar em Linhares, dirigido por um cirurgião-major que percebe 400 réis por dia (2 francos e 50 centimos). As insignificantes tropas da região militar estão espalhadas pelos diversos postos, mas o principal destacamento fica em Linhares. Alguns homens estão também acantonados em dois locais da floresta, a pouca distância da Aldeia, que protegem contra os botocudos. As casernas ocupadas por esses dois destacamentos são grandes cabanas e à volta delas os soldados cortaram árvores, a fim de plantar mandioca para seu sustento. Este é o vegetal que mais se cultiva nos arredores de Linhares; é produzida aí em abundância e dá excelente farinha. Os habitantes, para gozar de maior segurança contra os índios, fazem, em geral, suas plantações juntas umas às outras; percorri, perto da vila, um terreno de cerca de quarto de légua, que fora cultivado por diversos particulares e estava inteiramente coberto de mandioca. Colhe-se o bastante para poder vender a farinha e, poucos dias antes de minha chegada a Linhares (22 de outubro de 1818), saíra do Rio Doce uma pequena embarcação carregada com 30 alqueires de feijão e 250 de farinha de mandioca, que, depois de ter sido comprada por duas patacas o alqueire, fora revendida em Vitória por 4 ou 5 patacas. Essa embarcação era a primeira que viera fazer seu carregamento no Rio Doce, porém não havia podido completá-lo antes do fim de um mês, porque, à exceção de João Felipe, os habitantes de Linhares são pobres e sem escravos e tinha sido preciso comprar deles esses e esperar que os vendedores tivessem seu fornecimento preparado. É de supor, entretanto, que os benefícios obtidos por esse pequeno comércio tenham encorajado os negociantes da Vila da Vitória, a renová-lo e, sem dúvida, os colonos de Linhares aumentaram seu trabalho na esperança de adquirir um bem-estar do qual ainda não tinham gozado.

---

[18] Linhares foi erigida em paróquia no mês de agosto de 1810, mas, durante muito tempo, esta aldeia ficou sem pastor e sem igreja. Os adultos viviam em vergonhosa concubinagem e as crianças nem eram batizadas. Numa de suas visitas diocesanas, o respeitável Bispo do Rio de Janeiro, José Caetano da Silva Coutinho, foi até Linhares, espalhou ali consolação, fez grande número de casamentos e ergueu uma cruz, onde mais tarde se construiu a igreja. (Piz., *Mem.*, V. 302). Citei anteriormente *Viagem às Nascentes do Rio São Francisco*, volume desta coleção, um nobre gesto do prelado que acabo de nomear. Nunca esquecerei as bondades com que me distinguiu, nem as palestras interessantes com que este sincero amigo do Brasil me entretinha, enquanto percorríamos belas paragens desertas.

A fundação da vila, como disse, data de pequeno número de anos, e é devida ao ministro que lhe deu o nome. Dom Rodrigo Coutinho, Conde de Linhares, havia sonhado que o Rio Doce podia garantir perfeitamente uma comunicação fácil com o mar e a Província de Minas; e se não tomou as providências eficazes para prodigalizar essa comunicação, julgou, pelo menos, com muita razão, que era preciso começar por tornar habitável a proximidade da foz do rio e aí procurou um ponto que pudesse tornar-se logo depois um entreposto para o comércio marítimo e o do interior das terras. O local foi assim perfeitamente escolhido, começando-se por instalar ali um destacamento de soldados. Tovar era então Governador da Capitania do Espírito Santo. Querendo secundar as intenções do ministério, cuidou de interessar os cultivadores da província a se estabelecerem nas margens do Rio Doce. João Felipe Calmon foi o único que atendeu a seu convite. Este colono empreendedor vendeu o domínio que possuía perto de Itapemirim e veio para Linhares com toda a família. O rio estava muito alto e não se poderia subi-lo sem risco. Foi preciso, assim, trazer através de Campos do Riacho e por florestas impenetráveis todas as provisões necessárias. A febre atacou João Felipe e parte de sua família, mas nada o desencorajou. Chegado às margens do rio, escolheu, para aí formar um estabelecimento, o terreno que fica diante da Vila de Linhares, evitando assim o inconveniente de estar muito próximo de uma população nascente, que naturalmente deveria ser mal composta, e podendo ao mesmo tempo aproveitar as numerosas vantagens que apresentaria tal vizinhança. Todavia, o exemplo de João Felipe não seduziu mais ninguém; imaginavam-se as margens do Rio Doce como uma região pavorosa, onde se era devorado pelos insetos, atacado por doenças perigosas e onde, sem cessar, se corria o risco de ser massacrado pelos botocudos.

Desesperando de conseguir povoar Linhares, a administração mandou para lá camponeses espanhóis, que tinham vindo da Ilha das Canárias para chegar a Montevidéu e naufragaram perto de Vitória; perdoou-se também a desertores, sob a condição de se fixarem no novo lugarejo; alguns aventureiros, mulheres de má vida e índios que fugiam perseguições do governador juntaram-se neste núcleo e eis o que forma hoje a população de Linhares.

Mineiros se aventuraram, como eu disse, a descer o Rio Doce. Trouxeram a Linhares toucinho, açúcar, queijo, fumo, carne-seca; e em seguida voltaram, levando sal. Estimulados pelos benefícios conseguidos em tal viagem, os mesmos homens a repetem uma vez por ano; fazia pouco tempo que haviam chegado a Linhares quando visitei essa aldeia e então os produtos de Minas Gerais tinham melhor mercado ali do que na Capital da província. Tais são os insignificantes inícios de um comércio que, com sua continuidade, será sem dúvida, para o Brasil, da mais alta importância. Enquanto se ia formando pouco a pouco a população de Linhares, João Felipe Calmon auxiliava, com a máxima boa vontade, os colonos que vinham estabelecer-se ali, tornando-lhes mais fáceis os transportes, recebendo-os em sua casa, obtendo-lhes víveres. Ajudava, igualmente, aos mineiros no seu comércio, fornecendo-lhes canoas com remadores. Assim, durante todo o tempo em que Tovar foi governador da província, João Felipe continuou tranquilamente sua útil atividade. Rubim, no começo de sua administração, também se entendia muito bem com este prestativo colono, tendo o cuidado de consultá-lo em tudo que dizia respeito ao Rio Doce e a Linhares. Não demorou, contudo, que uma dessas intrigas obscuras, comuns entre os brasileiros, afastasse dois homens cujo entendimento constante trazia tanto benefício. João Felipe veio a ser alvo de perseguição do governador, foi ao Rio de Janeiro pedir justiça e creio que morreu sem nada conseguir.

Quando da minha viagem, a administração da Vila de Linhares estava inteiramente em mãos do alferes encarregado do comando da 1.ª divisão. Este homem me recebeu muito bem, mas, infelizmente, era estranho à finalidade do governo ao fundar Santa Cruz de Linhares, porque dizia dos Mineiros que tinham a coragem de navegar o rio: "não gosto dessa gente e nada farei em seu favor".

No dia seguinte à minha chegada à casa de João Felipe, fui visitar o belo lago de Juparanã, que se situa a alguma distância de Linhares.

Após atravessar o Rio Doce, entramos num pequeno riacho cujas águas se unem às do rio imediatamente abaixo da vila. Esta ribeira parecia não ter curso algum e refletia a cor escura dos maciços de árvores que apareciam nas margens. Algumas estendem os ramos, formando abóbada por cima da ribeira, e outras se reclinam inteiramente em seu leito.

Cipós espessos se levantavam, por assim dizer, de uma árvore outra e formavam, ao se reunirem, densas massas de verdura, impenetráveis ao sol. Largas aberturas por vezes se notam no meio das brenhas e conhece-se logo que são obras de animais ferozes, cujas trilhas ficaram marcadas no lodo. A ribeira dá inúmeras voltas, tem talvez cerca de meia légua e é constantemente embaraçada por troncos caídos.

Experimenta-se agradável surpresa, quando, ao sair desse canal estreito e sombrio, de repente se encontra, um belo lago, mostrando vasta extensão de água, cujo limite escapa aos olhos. Parece que a lagoa Juaranã[19] deve sua origem a um córrego do qual não é conhecida a nascente. As águas deste ribeiro, muito pouco inclinadas para a confluência, ter-se-iam espalhado sobre a terra, formando o lago.

Este, muito menos largo que comprido, se estende, mais ou menos, do norte para o sul; é limitado por matas virgens, mas, sendo suas margens muito afastadas, as florestas o embelezam sem o torná-lo sombrio.

Dentre suas águas se ergue uma grande ilha, que contribui para embelezá-lo e que vi ao longe. O Lago Juparanã é muito abundante em peixe, como as suas margens o são em caça, principalmente em mutuns, pecaris e crocodilos.[20] Os habitantes de Linhares vão constantemente caçar e pescar nessa região, mas não fizeram ainda qualquer derrubada nas margens do lago. Dia virá em que elas se animarão com a presença do homem e se embelezarão com numerosas habitações; então esse lugar será, por certo, um dos mais belos do Império do Brasil.

Nosso regresso à fazenda de Bom Jardim foi delicioso. Era noite; mas, um céu estrelado clareava tanto a ribeira que os nossos remadores, acostumados com a vegetação, puderam evitar, sem trabalho, os troncos derrubados. Ouvimos o canto da cigarra e o confuso barulho produzido na mata pelos animais selvagens. Além disso, nenhuma brisa agitava as folhas das árvores e o céu estava sem nuvens.

Estendi-me na canoa, esqueci todas as fadigas de minha viagem e experimentei o bem-estar que Rousseau descreveu tão bem numa de suas divagações.

Deste passeio trouxemos um pecari, um macaco, algumas lagostas e o mais bonito dos palmípedes. Matando essa ave, meu criado experimentou um momento de alegria.

Como lembrança do pobre Prégent, rapaz muito recomendável, eu havia prometido a mim mesmo conservar sempre o encantador palmípede do lago Juparanã. Durante a longa doença de que fui vítima em meu retorno, a ave teve a mesma sorte do resto das minhas coleções zoológicas.[21]

---

19 O Príncipe de Neuwied pareceria levado a crer que o lago que cito poderia bem ser aquele que Sebastião Tourinho pretendia haver descoberto em 1572, a oeste do Rio Doce; mas o sábio ornitólogo fez, ele próprio, objeções muito bem fundadas contra esta opinião, que é absolutamente inaceitável. Juparanã vem das palavras da *língua geral: ju* —espinho, dardo; *paranã* – mar, grande água, *mar dos espinhos.*

20 Trata-se aqui do *tiú,* cuja carne é, como se sabe, boa para comer.

21 Eu disse, mais acima, que, graças aos cuidados de Guido Tomás Marlière, Diretor-Geral da Civilização dos índios, os Botocudos, habitantes das terras de Minas Gerais vizinhas do Rio Doce. se tinham aproximado, depois de minha partida, dos luso-brasileiros. Alguns

detalhes sobre este notável acontecimento não serão, talvez, sem interesse. Guido Marlíère, depois de ter sido militar na Europa, chegou ao Brasil em 1808 e foi aproveitado num importante regimento, em Minas Gerais. A qualidade de francês atraiu primeiro sobre Marlière perseguições absurdas, mas logo lhe renderam justiça completa e, desde esta época, ele consagrou sua existência inteira à felicidade dos indígenas. A civilização dos coroados de Caiapés e dos puris foi objeto de seus primeiros trabalhos (Vide Eschewege — *Journal von Bras*., II). Era muito difícil extinguir o ódio que os luso-brasileiros tinham aos botocudos, irritados por uma longa guerra e bárbaros tratamentos. A filantropia de Guido Marlière venceu todos os obstáculos. As primeiras tribos que se entregaram a ele foram as da margem meridional do Rio Doce (fins de 1823). Estas tribos, conhecidas sob o nome de Zamplan, viviam num estado de terrível hostilidade com as da margem norte, chamada Nakmenuk. Tornados amigos dos portugueses, os Zamplan tentaram obter que Guido se reunisse a eles para tomar de assalto, por traição, os seus inimigos exterminar os homens e aprisionar as mulheres e as crianças; porém, como é fácil imaginar, essa proposta foi recusada com horror (Marlière Compilados Mineiros, pág. III). Pouco tempo depois (fim de 1824) os Naknenuk começaram a se submeter voluntariamente aos portugueses (Marlière, *in litt*). Mandaram as mulheres adiante, e estas, com o desejo de despertar a compaixão dos brancos, lhe mostraram os miseráveis machucados de pedra de que se serviam os indígenas que ainda não haviam entrado em contato com os brancos de nossa raça. A fim de interessar ainda mais os botocudos, Marlière mandou fazer plantações para eles. Empregava nesses serviços soldados das divisões militares, e teve muitas vezes o prazer de ver estes últimos abraçarem os selvagens, que pouco antes exterminavam como animais selvagens. Um dos primeiros cuidados de Marlière foi severa vigilância entre os soldados das divisões. Ele conseguira a reforma dos velhos *amansadores* de *índios* – são essas as suas expressões – e os havia substituído por homens menos bárbaros e estabeleceu, como regra geral, que não haveria promoção fácil para os soldados cuja conduta tendesse a afastar os indígenas. Marlière fixou seu quartel general no sítio chamado Galho, acima da confluência do Rio de Sto. Antônio e fez ali plantações de bananeiras, de mandioca, de milho, de arroz, de abacaxis, de cafeeiros, etc., cujos resultados foram além da sua expectativa. Fundou ainda outras colônias, principalmente a que recebeu o nome de Petersdorff, situada acima da confluência do Percicaba. Em pouco tempo, mais de 400 sesmarias foram distribuídas nos desertos do Rio Doce. Uma circunstância particular interessava os mineiros a se estabelecerem nesta região. O governo cometera o erro de conceder, por 20 anos, a uma sociedade anglo-brasileira, a navegação do Rio Doce e a pesquisa do ouro neste rio e nos seus afluentes. Enciumados por verem os estrangeiros despojá-los de suas riquezas, para ir usufruí-las rapidamente na Europa, os naturais se apressavam em evitá-los e se espalhavam nestas florestas imensas, apesar de povoadas apenas por Botocudos. No que respeita a estes últimos, o Ministério e o Governo Provincial de Minas Gerais, é forçoso que se lhes faça justiça, favoreciam, por todos os modos, as benfazejas intenções de Marlière. Convidaram-no a expor suas ideias sobre as medidas que se deveria tomar a fim de consolidar seus trabalhos e apressar a civilização dos indígenas. Marlière respondeu com nobre franqueza, não temeu assinalar os abusos e indicou meios que lhe pareceram mais próprios para assegurar a felicidade dos indígenas. Suas memórias dedicadas aos administradores mostram uma ingenuidade cavalheiresca, que não pertence mais à nossa época. Na minha correspondência com este homem de bem, eu lhe submetera algumas ideias que mereceram sua aprovação e não pude ler, confesso, sem profundo enternecimento, as palavras seguintes, que achei numa de suas cartas; elas foram para mim recompensa bem lisonjeira e que absolutamente não mereci: “Eu me aflijo pela vossa má saúde, como se fôsseis um irmão; vós não sereis chorado apenas pelos que se dedicam à ciência; sê-lo-eis também pelos meus pobres índios; eles aprenderam que, noutro hemisfério, têm um amigo que pleiteia sua causa no tribunal da humanidade; serei vosso intérprete junto a eles, logo que me possam compreender." Marlière propôs ao governo de Minas encorajar os casamentos mistos; chamar para ministrar instrução moral e religiosa aos botocudos alguns padres estrangeiros, que não sem imbuídos dos mesmos preconceitos que os padres mineiros, embora muito regulares, compartilham com o resto de seus compatriotas; afastar das aldeias os desertores e os vadios que roubam aos índios, os maltratam e ofendem suas mulheres; proibir aos comandantes dos distritos mandar índios longe de sua região, entre homens que os fazem trabalhar com pancadas, nas grandes estradas; restringir comércio de aguardente nas aldeias; conceder indenizações aos mestres de ofícios que se queiram encarregar de os ensinar aos índios moços (aqui Marlière cita o tenente-coronel Joaquim dos Reis, que, embora muito pobre, criara grande número de moços índios); substituir por oficiais da reserva os atuais diretores das aldeias geralmente ignorantes, preguiçosos e sem dignidade; fazer restituir aos índios terras roubadas, etc. "Amor e lealdade para com eles, meus amigos, exclamava Marlière, e teremos homens!" Mas, para executar os planos do bom Marlière seriam necessários homens que se lhe assemelhassem. Onde os encontrar?

"Cinquenta e oito anos batem à minha porta – escrevia-me ele "tenho dois ferimentos: tenho 40 anos de lutas; viajei inúmeras vezes e quase sempre tinha de me contentar com má alimentação. Teria necessidade de algum repouso, mas procuro em vão um sucessor; ser-me-á necessário morrer por esta pobre gente e entre eles." Marlière deu aos luso-brasileiros a posse de uma extensão imensa de florestas e fez aos índios todo o bem que lhes podia fazer; procurou para eles alguns anos de paz. Entretanto, o vestígio de seus nobres benefícios se apagará dentro em breve; e não terão conseguido, realmente, senão o resultado de acelerar a destruição daqueles de quem ele queria fazer a felicidade.

"Não ouso esperar a felicidade de ver estes meninos outra vez," escrevia ele ao governador de Minas, falando de alguns jovens botocudos dos quais custeava a educação no Rio de Janeiro; "mas eles guardarão na sua lembrança o capitão Nherame (o capitão velho) e virão pagar o tributo das lágrimas de sentimento onde descansarem meus ossos, porque sou um amigo destes homens da natureza." Oh! Sem dúvida eles terão muita razão de prantear o velho capitão; porém, estes homens fracos sofrerão e não lastimarão o velho chefe.*

* Devo dizer, entretanto, que o jovem índio Pedro Tele, que levei das missões do Uruguai para a França, e que serve hoje na Legião Estrangeira, na Argélia, escreveu, do seu próprio punho, aos seus benfeitores, logo que chegou à África, testemunhando seu agradecimento.

## Capítulo VIII

# OS EMPREGADOS DO AUTOR ADOECEM NA EMBOCADURA DO RIO DOCE – O POSTO DE COMBOIOS – A ALDEIA INDÍGENADE PIRIQUIAÇU

*O autor desce o Rio Doce. Reflexões sobre a solidão. Outra Lagoa Juparanã. Adoecem os empregados do autor, na foz do Rio Doce. Faltam provisões. Prossegue a viagem. Comboios. História deste posto. O autor viaja no Rio da Aldeia Velha. Ostreiras. Aldeia de Piriquiaçu: sua história, sua situação, suas casas; índios que a habitam; sua pobreza, seus costumes, sua preguiça, e seu descuido; de que maneira são tratados. O cauím: como se prepara esta bebida. O autor volta a Almeida. Curiosidade despertada entre os habitantes dessa vila pelo Botocudo Firmiano. Crianças indígenas. Tropeiros.*

Parti de Linhares, numa canoa, pertencente a João Felipe. O tempo não estava nublado como no dia em que subi o rio, e eu gozava saúde perfeita; o aspecto da região me agradou muito mais. Não há lugar que deixe de receber algum encanto de um céu sereno e as cousas não nos apresentam os mesmos aspectos quando gozamos perfeita saúde e quando estamos fatigados ou sofremos. Ninguém precisa, pois, admirar-se quando ocorre que os viajantes não descrevam sempre os mesmos lugares da mesma maneira. Detivemo-nos ainda um instante na casa de Antônio Martins.

Não foi sem real sentimento de pena que me despedi desse homem respeitável. Distante de todas as criaturas, sem vizinhanças, sem sociedade, sob um teto coberto de palha, privado de todas as comodidades da vida, Martins passava dias felizes no seio de sua família. "Eu não trocaria pelos tesouros de meu Rei as consolações que isto me oferece", exclamava ele mostrando-me seu pequeno oratório; e por certo era dizer muito, pois nessa época os brasileiros que viviam afastados das cidades tinham bem majestosa ideia do seu soberano e de suas riquezas.

A solidão embrutece mais ainda o indivíduo já corrompido, disto os sertões do Brasil dão muitos exemplos; entretanto, ela acaba por aprimorar aqueles que já possuem algumas virtudes; na carência de motivos, suas paixões se extinguem; nada tendo a esperar dos homens, elevam seus pensamentos para a fonte de todo o bem e se esforçam por tornar-se suavemente melhores, dia a dia. Nunca pensarei sem saudade no bom Antônio Martins e naquele respeitável colono que me recebeu com tanta hospitalidade nas margens do São Francisco e mostrava tanta resignação em meio a suas desventuras.[1] Antônio Martins, que tinha 60 anos, contou-me que no tempo do seu avô haviam aparecido nas margens do Rio Doce algumas tribos de índios que se haviam mostrado amigas dos portugueses, deixando ao mesmo tempo perceber um ódio implacável aos índios civilizados, que chamavam tupis.

Os Macunis[2] pretenderam atacar estes últimos, mas logo se retiraram por saber que seus inimigos teriam o apoio dos portugueses.

É difícil não ser verdadeiro este fato, pois, onde o bom Martins, que não sabia geografia nem história, iria achar os nomes *tupis e macunis*? A narrativa deste colono tendia a provar, assim me parece, que a palavra *tupi* era, como me havia dito o velho índio da Vila de Almeida, uma alcunha injuriosa, imaginada pelas tribos do interior para ridicularizar os índios da costa. A uns tiros de espingarda da casa de Antônio Martins, nas matas virgens, começa um lago que se chama Juparanã, mas que se não deve confundir com o grande lago de Juparanã vizinho de Linhares. Bem diferente deste, o primeiro tem água suja e lodosa, onde proliferam mosquitos.

---

1 Encontram-se no volume 6 desta coleção, os detalhes sobre as nascentes do Rio S. Francisco, até hoje desconhecidas.

2 Dei no meu livro *Viagem Pelas Províncias do Rio de Janeiro e Minas Gerais*, págs. 209 e seguintes, os detalhes sobre esta tribo indígena.

No tempo das águas, esse lago transborda e vai desaguar no mar, no lugar chamado Barra Seca.[3] Aí há um posto militar e mais longe começa o Arcebispado da Bahia. Não é só a Diocese do Rio de Janeiro que finda em Barra Seca; lá também acaba a jurisdição administrativa do Espírito Santo.

Durante todo o tempo em que descemos o rio, Firmiano teve febre e logo que cheguei ao Posto de Regência soube que Manuel da Costa havia sofrido dois ou três acessos dessa doença. No dia seguinte, o botocudo passou muito pior e esteve continuamente prostrado. Minha posição tornava-se embaraçosa. Prégent havia perdido irremediavelmente a saúde. O pedestre Luís, que me servia de guia, era corajoso e prestativo, mas, depois de ter adoecido, experimentou sucessivas recaídas; enfim, os únicos indivíduos de minha expedição, que desfrutaram de boa saúde durante toda a minha viagem estavam agora piores que os outros dois. É claro que eu não podia afastar-me do Rio Doce e, sob as mesmas influências que minha gente, corria os mesmos riscos de ser, como eles, atingido pela febre. Por outro lado, minhas provisões estavam quase esgotadas e eu não tinha meio algum de renová-las, pois que eram necessários, pelo menos, três dias para fazer a viagem a Linhares e os soldados do posto não podiam estar continuamente a meu dispor. Essas pobres criaturas eram tão boas que teriam de bom grado partilhado tudo que possuíssem, mas também lhes faltava quase o necessário. Sua fisionomia amarelada e anêmica atestava a insalubridade do local que habitavam e talvez, mais ainda, a insuficiência de sua alimentação habitual. Viviam, efetivamente, apenas, de farinha de mandioca, que iam buscar na casa de Antônio Martins, além do produto muito casual da caça e da pesca, principalmente de lagarto, tatus e ovos de tartaruga. Vi-me forçado a reduzir nossa ração de feijão e toucinho e, aproveitando a boa vontade dos pedestres do posto, comecei a ter parte com eles nos fracos resultados de sua caça. No primeiro dia mataram um desses grandes tatus que na região se chamam tatuaçu, (*Dasypus gigas* Cuv.).[4] Mas foi-nos impossível suportar a carne, por causa do cheiro almiscarado extremamente forte que a impregnava. Durante dois dias tive apenas uma ração insignificante de feijão e um pouco de verdadeiro tatu, embora com sabor detestável; em seguida fui mais feliz, pois comi um pedaço de cotia que os pedestres haviam apanhado no mundéu e cuja carne me pareceu semelhante à dos nossos coelhos. Resolvi fazer com que cada um dos meus doentes tomasse um

3 Erro de Pizarro é pensar que este 2º Lago Juparanã é um braço do Juparanã de Linhares.

4 Depositei este espécime no Museu de Paris; não posso, entretanto, dizer se ainda lá está.

vomitório. Imediatamente a febre deixou Manuel da Costa; mas Firmiano não teve a mesma felicidade. Como, entretanto, ele ainda tivesse força para manter-se a cavalo, tomei a decisão de abandonar a embocadura do Rio Doce para voltar à Vila da Vitória, esperando que melhor água e mudança de ares produziriam em meus doentes um efeito mais salutar do que todos os remédios. Mas foi absolutamente impossível percorrermos em um só dia a longa distância que separa o Rio Doce do posto do Riacho. Tomei, assim, a resolução de ir dormir no quartel de Comboios (posto de condução), situado na mata, a certa distância do mar. Depois de ter percorrido três léguas de uma praia abandonada, que já descrevi, cheguei a um grande cruzeiro, perto do qual começa o caminho que vai a Comboio. A trilha é tão pouco frequentada que foi mister, em certo lugar, empregar o machado para abrir uma passagem. Afinal, depois de haver marchado meia-légua na floresta, chegamos a Comboio. Aí apenas vi uma choupana, situada à margem esquerda de um córrego de medíocre largura, que serpeia, agradavelmente, entre duas margens lodosas, orladas de matas virgens. O Rio dos Comboios, como se chama esse córrego, nasce a pouca distância do posto e se lança acima da povoação dos Campos do Riacho. O único caminho que segue diretamente da praia ao quartel é o que percorri; mas, atravessando o córrego, encontra-se outro, que leva à povoação de que há pouco falei. Todavia, esse posto é distante de todas as habitações e os botocudos nunca aparecem nas suas proximidades; sua utilidade é apenas para os viajantes que não fazem em uma só etapa o caminho de Riacho a Regência, e apenas tem a serviço dois homens; um era um negro livre e o outro um mulato, casados cada qual com uma indígena. Essa boa gente, que vivia separada do mundo, recebeu-me muito bem e prestou-me inúmeros favores.

Eis a história do quartel de Comboios:

Há cerca de cinquenta anos (escrito em 1818) um homem perseguido pela justiça foi estabelecer-se nas margens do Rio Doce, no local onde fica hoje o Quartel de Regência, e ali fez uma plantação bem considerável. Esse homem havia imaginado transportar em carro de boi, até ao Rio dos Comboios, as mercadorias que queria vender, para de lá embarcá-las em canoas e fazê-las descer, em seguida, até a povoação de Riacho. No lugar onde se descarregavam os carros, construiu uma cabana, a que deu o nome de Comboio, o que indica bastante sua utilidade; e aí é hoje o quartel. Esse mesmo homem, logo que chegou ao Rio Doce, foi acolhido amigavelmente pelos botocudos e durante muito tempo viveu amistosamente com eles. Contudo, um dos chefes indígenas enamorou-se da filha do português e pediu-a em casamento ao pai. Este adiou a solução, mas como o índio renovasse suas importunações sem cessar, o branco imaginou, para desembaraçar-se dele e dos homens de sua tribo, presenteá-los com bugigangas infetadas de vírus variólico.[5] Muitos botocudos foram vítimas dessa horrenda perfídia; os outros, suspeitando da verdade, destruíram a casa do branco e uma capela que dela dependia; e depois dessa época os portugueses do Rio Doce têm sempre estado em guerra com os selvagens. A cabana de Comboios foi abandonada; mas, logo em seguida, sob o Governador Pontes, instalaram-se diversos postos para proteção dos caminhos e das casas expostas aos ataques dos botocudos; dessa cabana fez-se uma pequena caserna.

As florestas que a cercam, pouco frequentadas pelos caçadores, eram muito fartas em caça. Prégent, que fora caçar, voltou pouco tempo depois com um pecari, um grande lagarto e muitas aves, entre as quais um galináceo bom para comer.

Na viagem de Regência a Comboios, Firmiano, apesar de montado, tinha dormido sempre. Chegou ainda muito doente, mas, para a noite, a febre declinou e ele ficou completamente bom.

Chegando a Aldeia Velha,[6] fiquei ali um dia para visitar a Aldeia de Piriquiaçu. O Capitão Manuel Francisco Guimarães, de quem já falei, deu-me uma canoa e dois índios para a conduzirem. Esperamos a maré cheia e eram onze horas quando embarquei. Antes de partir, meus índios me pediram algum dinheiro para beber e fui muito generoso, pois, ao embarcarmos, um deles se achava de tal modo embriagado que era incapaz de suster o remo. Felizmente eu havia trazido meu camarada Luís; sem ele teria passado os maiores embaraços. Como disse, a ribeira de Aldeia Velha pode ter na sua foz a mesma largura, talvez, que o Sena na Ponte Nova. Até a Aldeia de Piriquiaçu, e talvez mais longe, a maré se faz sentir e, nesse trecho, as águas do rio são salgadas como as do oceano. Até a foz, a margem sul, muito alta, apresenta um anfiteatro de árvores que se diferenciam entre si pelo tamanho e folhagem. Do lado norte, ao contrário, o terreno é baixo, coberto de mangues, bem como de outras árvores amigas dos alagados vizinhos do oceano. Perto de um quarto de légua da Aldeia Velha, passei diante da confluência do córrego que vem

---

5 O Príncipe de Neuwied conta que em outra parte do Brasil o mesmo processo se usou para desembaraçar-se dos índios selvagens.

6 Pode-se consultar sobre esta povoação a descrição que fiz num dos capítulos precedentes (Aldeia Velha).

do sul[7] e continuei a viagem pelo outro braço. Pouco acima desse lugar e até a Aldeia de Piriquiaçu, as duas margens do córrego são igualmente planas e também inundadas por ocasião das marés, e cobrem-se de manguezais extensos e outras árvores de pauis salgados. Nos locais em que essa vegetação deixa entre si espaços a descoberto, os índios têm o costume de fazer armadilhas com folhas de palmeiras, onde o peixe entra quando a maré sobe, para apanhá-lo sem trabalho ao descer as águas.

Atrás dos manguezais o terreno se alteia sensivelmente. Continuando minha viagem, ouvi a distância barulho de tambor e logo encontramos uma canoa cheia de índios, rebocando outra que se inaugurava. Por ocasião desse acontecimento, celebrava-se uma festa. No centro da canoa nova havia-se erguido uma cruz, mas só estavam ali duas pessoas. A outra canoa, ao contrário, estava cheia de índios, homens e mulheres que, apinhados, gritavam e cantavam, acompanhados por uma flauta e um tambor.

Cerca de légua e meia ou duas léguas de Aldeia Velha, chegamos às ostreiras de que já falei; são colinas que se elevam nas duas margens do rio e se compõem quase por inteiro de conchas, apenas misturadas com uma e outra espécie de conchas bivalvas. Estas ostreiras (*) estão abandonadas e qualquer um pode buscar nelas a quantidade de material de que precisar para fazer cal. Outrora, construíram fornos junto das caieiras; mas, como aparecessem botocudos na vizinhança, transportaram-se (1818) as conchas para a Aldeia Velha e ali se faz a cal, que é, como já disse, importante[8] ramo de comércio para essa vila.

---

7 Veja-se o que eu disse no Cap. VII sobre o Riacho de Aldeia Velha.

8 Eis aqui o que, segundo o Pe. Gaspar de Madre de Deus, Southey conta das ostreiras do Brasil: "Esta face da região é abundante em conchas e, em uma certa época do ano, vêm indígenas do interior para, no litoral, se alimentarem delas. Eles construíam abrigos nos lugares menos úmidos, no meio dos manguezais. Enquanto durava o tempo da pesca, comiam os moluscos fechados nas conchas e faziam secar grande quantidade destes animais, para levá-los para suas aldeias. Este costume durou tanto tempo que as ostras amontoadas formaram pequenas colinas; terra vegetal foi-se acumulando sobre estes montes e aí nasceram e se ergueram árvores. Estas colinas, chamadas ostreiras, forneceram toda a cal que foi necessária na Capitania de S. Vicente (S. Paulo) desde sua fundação até agora. Em quase todas elas as conchas se transformaram em pedra de cal, não tendo em outras sofrido menor modificação. Entre elas, soterrados, se encontram muitas vezes vasos quebrados e ossadas humanas. São esqueletos dos índios que morriam durante o tempo da pesca, os corpos dos quais ficavam nos montes de ostras (*H. do Bras.*, I, 36).□ Abster-me-ei de toda e qualquer reflexão sobre este comentário; direi apenas que não creio que as ostreiras de Piriquiaçu estejam inteiramente fossilizadas. Sabemos que existem também grandes montes de ostras no Egito, em Saintange e nas proximidades de Nice.

* Essas ostreiras são também conhecidas com o nome de sambaquis ( M.G.F.).

Navegando sempre, percebi, para oeste, as montanhas ainda desabitadas de Taquatiba[9] que, sem dúvida, se prendem à grande Cadeia Marítima. No lugar chamado Lameirão, vi a ribeira alargar-se e formar uma espécie de lago. Por fim, às 4 horas mais ou menos, cheguei à Aldeia de Piriquiaçu. Há pelo menos 40 anos (1818), essa vila ainda não existia. Os índios tinham, na verdade, moradas nas margens do córrego, mas eram distanciadas umas das outras. Os botocudos fizeram uma excursão na região e, aproveitando-se do isolamento dos colonos, destruíram muitas plantações e mataram muitos indivíduos. Para evitar a repetição de tamanha desgraça, Bom Jardim, que então era Capitão-mor da Província do Espírito Santo, ordenou que os índios espalhados se reunissem no lugar em que hoje está a Aldeia de Piriquiaçu e ali construíssem casas. Deu-lhes um capitão de sua raça; e como houvessem estado afastados da população de Vila de Almeida e de Aldeia Velha, determinou que deveriam viver como os soldados, atendendo às ordens que lhes fossem dadas; e a Aldeia tomou, então, o nome de Destacamento que até hoje conserva. Destacamento, ou Piriquiaçu, situa-se no alto de uma colina alongada que domina o córrego. Veem-se na margem oposta outras colinas cobertas de matas. A oeste avistam-se as montanhas de Taquatiba, das quais falei há pouco, e a noroeste as de Aracantiba.[10] Para o norte, acima do aldeamento, encontra-se profundo vale, cujas encostas são cultivadas pelos habitantes de Piriquiaçu. Além da aldeia, para o lado oeste, apenas existem florestas que servem de abrigo aos botocudos e nas quais os luso-brasileiros não ousam penetrar. As casas de que se compõe Piriquiaçu, ou Destacamento, são em número de sessenta e três. Muito perto umas das ourtas, cercam uma praça que tem o aspecto de um retângulo. Todas são construídas de paus e barro, não são caiadas e têm uma cobertura de palha que, como a de todas as cabanas deste país é mais alta do que as paredes. Muito mal tratadas, essas casas denunciam indigência, e seu interior é também pobre. Não existem outros móveis além de uma rede, um banquinho e uns potes de barro. Os habitantes de Destacamento, todos índios civilizados, não mostram, em suas roupas, magnificência maior que em suas casas, Os andrajos que os cobrem são apropriados, mas quase sempre cm farrapos. Uma camisa e uma saia constituem toda a vestimenta das mulheres; os homens usam

9 Taquatiba quer dizer em guarani *"lugar plantado de espinhos"*.

10 Provavelmente de *Araqua*, espécie de pássaro (é o cracuan dos luso-brasileiros) e *andibe*, junto. Encontram-se detalhes sobre este pássaro no 4.º volume dos Beitraege. do sábio Príncipe de Neuwied.

calça e camisa e, quando trabalham, suprimem às vezes esta última. Alguns deles trazem uma veste de lã escura e um boné vermelho. Se os habitantes de Piriquiaçu são tão pobres, é preciso apenas culpar disto a preguiça e o relaxamento natural aos de sua raça. Suas terras, em verdade, são pouco adequadas ao algodão; mas são muito favoráveis à cultura da mandioca; é na vizinhança das suas florestas que exploram as terras; e exportariam sem dificuldade os produtos do solo, porque a entrada do Rio da Aldeia Velha não apresenta qualquer entrave; as embarcações sobem quase até a Aldeia.

A pobreza dos cultivadores de Piriquiaçu não tem sido prejudicial à população do lugar. O chefe dos índios me assegurou mesmo que, desde a fundação da aldeia, o número de habitantes tem aumentado consideravelmente.

Os índios de Piriquiaçu estavam subordinados, como os de Benevente e de Almeida, ao desagradável chamamento de trabalho que lhes fazia mensalmente o Governador da Província; mas, não havendo entre eles nenhum branco, tinham pelo menos a sorte de fugir a uma série de pequenas humilhações. Encontrei neles o jeito de contentamento que é tão natural entre os primitivos a quem o dia de amanhã não preocupa.

Esta pobre gente acusava os subalternos das injustiças de que era vítima e falava sempre do Rei de maneira mais comovente. "O Rei, diziam, quer que todos os homens sejam tratados igualmente; se ele soubesse do que se passa aqui, não o permitiria; mas nós não somos ricos para ir ao Rio de Janeiro e nossas queixas não chegariam até ele."

Os portugueses, tornando estes desgraçados quase escravos, não lhes davam qualquer compensação. Ninguém pensa em lhes ministrar a menor instrução; não havia entre eles padre nem professor; para se casarem era preciso que fizessem uma viagem de 2 dias e os doentes morriam privados do consolo que a religião concede a seus filhos. Os índios de Piriquiaçu conservam, entretanto, uma tradição confusa das verdades fundamentais do cristianismo; mas a veneração que têm por certos bem aventurados é idêntica à que têm pelo próprio Deus, mesmo acontecendo entre grande número de luso-brasileiros, cuja crença é bem semelhante à dos índios de Piriquiaçu.

No dia seguinte àquele em que visitei a aldeia, devia celebrar-se a festa de Todos os Santos, e todos os habitantes haviam preparado cauim, ou cauaba, bebida inebriante que se faz com raízes de mandioca. Cozinham-se raízes raspadas que depois se reduzem a pasta, misturando-se nesta, certa quantidade de água, e no dia seguinte pode-se beber o cauim. Tais são, pelo menos, os processos que os indígenas ensinavam; mas os portugueses garantem que os indígenas mastigam a raiz, em vez de socá-la; o padre da Vila de Almeida parecia ser um homem verídico e me assegurou que muitas vezes encontrou indígenas sentados em roda de um grande vaso, ocupados em preparar, juntos, o licor favorito, ajudando-se com os dentes.

Seja lá como for, eu quis ver e provar o cauim. Notei-lhe uma cor turva e esbranquiçada do leite desnatado e um gosto de soro, porém bem mais ácido.[11]

Embarquei com a maré alta, para voltar à Aldeia Velha. A noite logo nos surpreendeu, mas o tempo estava tranquilo, fazia luar e não havia dificuldade em nos conduzir. A água brilhava como a do mar, com luz fosforecente, cada vez que a feriam nossos remos; ouvimos de um lado o estrondo dos tiros de Piriquiaçu, para a festa do dia seguinte e, do outro, os gritos alegres dos índios que continuavam a festejar o lançamento a água de uma canoa nova.

No dia de Todos os Santos cheguei à Vila de Almeida, onde se reunira numeroso bando de índios. Com minhas roupas, despertei novamente sua curiosidade; mas era sobretudo Firmiano quem chamava a atenção.

Cada qual queria ver o tapuio; vinham contemplá-lo como se examinassem um animal feroz que, por fim, tivesse encontrado um amo, depois de muita luta, e não ocultavam mesmo o ódio e o desprezo que nesta região a sua raça inspirava. Aborreceu-me tanta importunação e acabei, sem paciência, pondo-os porta a fora. Os pobres índios são tão humildes e dóceis que nenhum deles se permitiu uma brincadeira ou um murmúrio.

Numerosas crianças indígenas brincavam na Vila de Almeida, com muita diferença das crianças luso-brasileiras, desta e de outras províncias: saltavam e riam, de todo o coração. Notei, ao mesmo tempo, que

[11] Sabe-se que, à sua chegada ao Brasil, os europeus encontraram o uso do cauim espalhado entre os índios do litoral; era preparado pelas mulheres moças, que neste preparo recorriam à mastigação. Antigamente, os índios faziam o cauim não só com a raiz da mandioca, mas com diversas outras substâncias alimentares, e o Príncipe de Neuwied diz que ainda hoje os moradores de S. Pedro dos Índios empregam mandioca, batata ou milho. Escrevi a palavra *cauim* da mesma forma que o autor muito antigo do *Dicionário Português e Brasiliano.* No dialeto guarani, o Pe. Ruiz de Montoya escreveu *cagui,* e segundo este último escritor, *caguaba,* idêntico a *cauaba*, quer dizer — *muita* bebida, embriaguez. Quando os europeus trouxeram a aguardente para os selvagens, estes a chamaram *cauim tata* ou *cauim de fogo.* A palavra cauim parece ser radical.

nos movimentos destes pequenos indígenas havia alguma cousa de brusco que nas crianças de outra raça não se observa.

A festa de Todos os Santos não foi um dia feliz para os índios da vizinhança. Os soldados da companhia de linha tinham vindo buscar 20 homens, que deviam partir no dia seguinte para a Vila de Viana ou S. Agostinho e tomar o lugar dos outros 20 cujo mês de trabalho havia terminado. Os capitães indígenas eram os encarregados de designar as vítimas da penosa tarefa; à medida que chegavam a Almeida, eram trancados na cadeia, por temor de que cedessem à sua natural inconstância e, depois de terem obedecido às ordens de seus superiores, tentassem fugir; o contingente de trabalhadores não devia partir no dia de Todos os Santos e esperava na prisão o instante da partida. Mulheres e crianças em magote se agarravam às janelas da cadeia, mas não pensavam em se afligir. Os prisioneiros e seus amigos riam, cantavam e tinham exclamações de alegria. Sem pensar no futuro, não havia para eles motivo de desolação – estavam juntos ainda!

E em verdade os infelizes requisitados iam deixar mulher e filhos sem recursos e perdiam o momento oportuno para fazer suas plantações, única esperança de suas famílias.

## Capítulo IX

# A NOVA COLÔNIA DE VIANA – O CONVENTO DE NOSSA SENHORA DA PENHA – O AUTOR RETORNA AO RIO DE JANEIRO

*O autor volta à cidade de Vitória. Vai à Colônia de Viana. História desta colônia e do caminho da Vila da Vitória a Minas Gerais. Posição de Viana; sua igreja; palácio do governador. Administração. Canção de um indígena. Cultura. Pavor aos Botocudos; massacre de um grupo de homens desta nação. O autor volta de Viana para Vitória e chega à beira da Baía do Espírito Santo. Ódio dos Luso-brasileiros aos Botocudos. Excursões a Vila Velha. História e descrição desta pequena vila. Convento de Nossa Senhora da Penha. Vista admirável. História do Mosteiro da Penha. Fortaleza. O autor embarca, experimenta uma tempestade e chega ao Rio de Janeiro.*

Regressei de modo feliz à Vila da Vitória e fui recebido pelo Capitão-mor Francisco Pinto com tanta amabilidade quanto da primeira vez. Logo fui visitar o Governador. Recebi novos testemunhos de interesse e benevolência e ele me prometeu um pedestre para acompanhar-me até a nova Aldeia de Viana,[1] que eu desejava conhecer. E foi ainda o bom camarada Luís da Silva que o Governador me enviou para guia. Vim

[1] Todos, no país, dão a Viana o título de vila; mas, devo dizer que Pizarro só lhe concede o de povoação.

a cavalo de Jucutaquara, residência do Sr. Francisco Pinto, até Vitória, onde tomei um barco do Governo, conduzido pelo patrão-mor da barra. Os indígenas, que ordinariamente serviam de remadores neste barco, estavam empregados fora e foram requisitados outros marinheiros. Costeamos as ilhas chamadas do Penedo e do Príncipe, passamos diante da foz do Rio Jecu e desembarcamos no fundo da Baía do Espírito Santo. O Governador dera ordem para que neste lugar eu encontrasse um cavalo, e percorri, montado, cerca de três léguas de uma região muito desigual, coberta antigamente de grandes matas virgens, mas, que hoje, na maior extensão, apenas é capoeira.[2] Nas cercanias de Viana, distante cerca de 3 léguas e meia de Vitória, as matas virgens muito mais comuns e a região se torna montanhosa.

Há 7 ou 8 anos (escrito em 1818) havia neste lugar, que se chamava Sto. Agostinho e onde fica hoje Viana, apenas 2 ou 3 cabanas. Durante muito tempo o governo havia proibido qualquer comunicação entre as Capitanias de Minas Gerais e Espírito Santo, visando a tornar assim mais difícil o contrabando do ouro. Após a chegada do Rei D. João VI ao Brasil, os olhos se abriram e viu-se quanto era absurdo sacrificar a mesquinhas precauções os interesses que deviam resultar do comércio de dois povos limítrofes, um dos quais é vizinho do Oceano, podendo o outro fornecer ao primeiro ferro e outros artigos úteis. O Governo tomou, portanto, a louvável resolução de fazer uma estrada que fosse da Vila da Vitória à Vila de Mariana. O caminho teve começo do lado da Província

---

[2] Não conheço ainda a etimologia dessa palavra (capoeira) que aparece tantas vezes no meu livro *Viagem Pelas Províncias do Rio de Janeiro e Minas Gerais*, e neste, e que, como disse, indica as matas que nascem nas plantações deixadas em abandono ou repouso. Como se observa muito bem em José de Sá Bitencourt (*Mem. alg.*, II) capoeira vem da palavra indígena *cocuera* ou (*Dic. Port. Bras.*) coquera, *plantação antiga.* Em meu primeiro Relato, fiz, com algumas dúvidas, derivar do português a palavra catinga que designa estas matas de uma ordem inferior, cujas folhas caem todos os anos.

A etimologia indicada pelo Sr. José de Sá Bitencourt parece-me mais verdadeira que a minha. Ele fez originar *catinga* das palavras indígenas *caa tinga,* mata branca, como são, diz ele, as que crescem nas terras menos fortes. Sábios alemães acreditam dever escrever *caatinga,* e *caapim.* Esta ortografia pode ser muito racional, mas não é a que adotaram os jesuítas, aos quais se deve a fiscalização dos dialetos tupis e guaranis. Eles escreviam *capim* em tupi (*Dic. Bras.*) e *caapim* em guarani (Aut. Ruiz de Montoya); em geral, não separam por traços de união as palavras compostas; e naquelas eram guiados pela analogia, porque não são separados mais na língua alemã. Suponho, entretanto, que escrevendo o tupi ou o guarani se use a ortografia *caapim* e *caatinga* e que não será necessário usar a mesma grafia quando estas palavras forem tomadas como brasileiras, ou para maior clareza. Com efeito, no Brasil estas palavras fazem parte da língua portuguesa e são escritas capim e catinga, capoeira. Outro modo seria tão estranho quanto escrever em francês *Rheims, burg ou Iandsknechte* em vez de *Rhin, bourg e lansquenets.*

do Espírito Santo, na Aldeia de Sta. Maria, junto ao ribeirão do mesmo nome, ribeirão este que, como já disse, desemboca na Baía de Vitória.

Sendo necessário, contudo, viajar 6 léguas por água, de Sta. Maria à Vila da Vitória, e como os mineiros, cavaleiros hábeis, recusam embarcar, teve-se a ideia de abrir segundo caminho, sem, entretanto, renunciar ao primeiro. Preferiu-se o que levava a Sto. Agostinho e que se prolongou até alcançar o de Sta. Maria, devendo, como já se viu, chegar perto de Vila Rica. Começou-se a abrir entre as florestas virgens uma picada que ia até a Capitania de Minas; quando de minha viajem, o verdadeiro caminho estava totalmente terminado, numa extensão de 10 léguas.

Viajavam por este caminho pedestres e índios e, para que os muladeiros encontrassem durante a viagem víveres e abrigo, havia o projeto de colocar, de 3 em 3 léguas, soldados que seriam retirados logo que os colonos se instalassem, à beira da estrada.[3] Santo Agostinho, embora muito perto de Vitória, era, entretanto, o ponto mais afastado em que se encontra terra cultivada.

Tomei a resolução de dar importância a esta povoação e eis por que meios o consegui. A população dos Açores, como se sabe, é muito considerável e grande número de seus habitantes vive em miséria extrema.

O Governo havia trazido dos Açores para o Brasil cerca de 50 famílias, prometendo-lhes terras; mandaram-nas para Sto. Agostinho, que então tomou o nome de Viana, que era o do intendente geral da polícia.

Cada família tinha sua casa, uma área considerável de terra, alguns animais e instrumentos agrícolas. Havia necessidade de dinheiro para custear essas despesas; tiraram-no, então, dos fundos destinados à polícia, negócio estranho que só se pode explicar pelas ligações de amizade e parentesco existentes entre o Governador da Província e o Sr. Paulo Fernandes Viana, Intendente Geral da polícia.

Numa escala que os ilhéus fizeram em Cabo Verde, alguns apanharam (dizem) germes de perigosa doença; por outro lado, o ar de Viana,

---

[3] Do lado de Minas, escrevia-me, em 6 de Dezembro de 1824, Guido Tomás Marlière: o caminho fora feito sob minha inspeção; fora completamente acabado e frequentado, durante algum tempo, por caravanas e muladeiros. Entretanto, os mineiros, não conseguindo vender seu gado e outras mercadorias na Vila da Vitória, onde os habitantes, em sua maioria, se alimentavam de peixe e mariscos, acabaram renunciando a todo comércio com o Espírito Santo; e agora o caminho está obstruído por troncos caídos, cipós e galhos de árvores. É bem difícil, acrescentava Marlière, de acordo com Pizarro, que os habitantes tão apáticos da Província do Espírito Santo façam florescente sua região. Os próprios botocudos conhecem a diferença que há entre esta gente e os mineiros.

antes dos desbravamentos, que tiveram início logo depois, estava longe de ser salubre; os colonos não se achavam acostumados a trabalhar sob o céu ardente dos trópicos, e cometeram, logo ao chegar, a imprudência de formar arrozais nos alagadiços, próximos de suas moradias. Muitos homens adoeceram e morreram. As mulheres foram menos sacrificadas; saíam menos que os maridos, e assim não tinham as mesmas ocasiões de beber águas más, e nem iam aos lugares pantanosos. Hoje, que a região está muito mais coberta e é também mais saudável, não me parece que haja em Viana mais doenças que em qualquer outro lugar.

Assim que viram morrer alguns patrícios os ilhéus se apavoravam e pretenderam retirar-se. A isto, o governo se opôs, alguns fugiram, mas foram trazidos à força armada para Viana; quando de minha viagem, era ainda proibido aos novos colonos irem estabelecer-se em outra parte.

Queixavam-se eles de tal medida, mas, ao que me parece, o Governo tinha perfeitamente o direito de impor quaisquer condições a homens que havia retirado da miséria e cumulado de benefícios. As queixas dos ilhéus se baseavam na razão única de lhes terem sido prometidos terras em Minas Gerais, Rio Grande, Sta. Catarina e não na Província do Espírito Santo.

Viana se compunha de cerca de 60 casas, que não se reuniam num só grupo. Algumas, construídas de barro e cobertas de palha, foram feitas dentro das próprias posses, e outras numa colina separada. Ao redor das casas, a mata foi derrubada e substituída por plantações de milho, arroz, feijão e mandioca. No extremo de toda a zona cultivada há uma leve elevação tendo no alto uma larga plataforma, onde a igreja, o presbitério e também uma grande casa destinada ao governador foram construídas.

Deste ponto avista-se a leste uma parte das casas de Viana e, do lado oeste, uma grande caserna destinada aos soldados que protegem os colonos contra os ataques dos indígenas. Por toda parte, menos a leste, montanhas bem elevadas e cobertas de espessas florestas dominam o horizonte e dão-lhe estreitos limites. Este conjunto tem algo de simples e majestoso que eleva a alma, transportando-a ao recolhimento.

A igreja de Viana não é muito grande, mas é bem iluminada e ornada com muito gosto. Certamente, é das mais bonitas que vi desde que estou no Brasil. Não poderei fazer igual elogio à casa do Governador, grande construção de janelas perfeitamente quadradas, pesada, mal distribuída, com entrada ao lado e à qual nem mesmo se pensou em juntar um jardim. O Governador Rubim, que foi o criador de Viana, passava tempos nesta casa, à qual se dava o pomposo nome de palácio, mas é de crer que ela haja sido abandonada por seu sucessor.

A administração de Viana estava confiada a um tenente de linha, que comandava o destacamento aquartelado perto da nova colônia e os da vizinhança. Era quem dirigia os trabalhos, sendo obrigado a prestar conta de tudo ao governador, que em seguida dava suas ordens pormenorizadas. Quando de minha viagem, estava-se acabando a torre da igreja. Os índios transportavam terra e faziam todos os trabalhos pesados. O tenente Bom Jardim, comandante de Viana, me contou que um dos seus homens tocava guitarra todas as noites, cantando na sua língua as palavras seguintes: "É bem contra minha vontade que estou aqui; quando verei os lugares onde nasci?"[4] Sendo muito raro que os índios civilizados cantem em sua própria língua, pedi ao tenente que me escrevesse a canção que me tinha repetido. Ele o fez com complacência, mas,temendo comprometer-se, pôs sob o texto a tradução seguinte, que diferia da primeira e é evidentemente infiel: "Estou bem aqui, porém gostaria mais de estar nos lugares em que nasci."

As terras do Viana são favoráveis a qualquer gênero de cultura; mas as grandes formigas (saúvas), infelizmente, são muito comuns neste distrito e fazem estragos terríveis. Tem-se procurado adotar aqui algumas plantas da Europa, como o linho e o fermento (espécie de trigo). Estas tentativas não têm sido felizes; creio, todavia, que isto se deve menos ao clima e a natureza do solo que à inexperiência dos colonos, acostumados à agricultura das regiões equinoxiais.

Os agricultores de Viana são felizes por terem, nas cercanias um pequeno rio, que, embora estreito, é navegável por pirogas, da colônia até à Baía de Vitória, facilitando a exportação das mercadorias locais.

Todas as numerosas vantagens usufruídas pelos habitantes de Viana eram, na época de minha viagem, compensadas tristemente pelo temor que sem cessar causava a vizinhança dos índios inimigos.

Estes, aliás, se mostravam tão bárbaros que o pavor era bem justificado. Mais ou menos 20 dias antes de minha chegada ao lugar, o tenente Bom Jardim soube que eles haviam massacrado um colono e raptado um de seus filhos. Pôs-se a perseguir os selvagens, seguindo dia após dia suas pegadas no meio das florestas; ao fim do terceiro dia, descobriu barracas de folhas de palmeira, onde eles deviam passar a noite.

---

[4] Esta canção indígena é a mais poética de todas as que recolhi. Nada é em geral mais simples e menos figurado que a linguagem dos índios; por conseguinte, é necessário considerar como absolutamente imaginoso o que a respeito pretendem poetas, romancistas e até historiadores (Veja pág. 255 do volume 4 desta coleção).

Escondeu-se ali com a sua tropa e, ao nascer do dia, caiu sobre os inimigos, que nem tiveram tempo de apanhar suas flechas. Homens e mulheres foram mortos a facadas pelos luso-brasileiros, sem se poder defender; pouparam-se apenas duas crianças muito pequeninas, um menino e uma menina, que o tenente Bom Jardim levou consigo. Encontraram nas barracas numerosos objetos pertencentes aos portugueses, principalmente facas, machados e chapéus, descoberta que causou admiração tanto maior quanto, desde algum tempo, não se ouvia dizer que os selvagens houvessem pilhado algum lugar. Observou-se muito, também, que os dois meninos aos quais o tenente conservara a vida se chamavam Antônio e Ana, que são nomes portugueses.[5]

O tenente Bom Jardim teve a bondade de me dar de presente um bonito colar que havia sido tomado a uma índia selvagem e se compunha de duas voltas ou ordens de pequenos grãos negros, separados por dentes de *cabiai.*

No Rio Doce, também me haviam dado 2 instrumentos de música roubados aos selvagens e que atestavam bem a barbaria deles; eram apenas cordões no meio dos quais se prendia um enorme atilho de cachos de pecaris entremeados com alguns pedaços de pele de veado bem ressecada.[6]

Como os indígenas que foram mortos nas florestas de Viana pela tropa de Bom Jardim tinham o lábio inferior e as orelhas furadas, era evidente que pertenciam à nação dos Botocudos. Mas este nome é pouco conhecido na Província do Espírito Santo, onde os selvagens são geralmente designados pelo nome de Bugres, ou Gentios.

Recebera-me em Viana o tenente Bom Jardim, que me acompanhou por toda parte e respondeu com extrema complacência às minhas perguntas. Sendo muito tarde quando acabamos nossos passeios e não estando bom, o tempo, decidi passar a noite na nova colônia.

Pus-me a caminho cedo, no dia seguinte, chegando logo à margem da Baía do Espírito Santo e soube que o patrão-mor da barra viera procurar-me na véspera e me esperara até 11 horas da noite. Lastimei muito ter perdido esta ocasião, por ser-me necessário agora perder todo o dia antes de

---

5 Se Ana não é precisamente um nome português, é pelo menos uma palavra desta língua, ligeiramente alterada.

6 O Príncipe de Neuwied falou em *coteares* semelhantes aos que descrevi acima. Quanto aos instrumentos de música, foram-me dados no país como colares. Porém Firmiano me esclareceu sua verdadeira utilidade, e, custa a crer, de fato, que possam ter outra, que não produzir barulho.

encontrar uma barca. Depois de ter esperado por muito tempo na praia, entrei numa casa para me abrigar do sol e encontrei diversas pessoas que, como eu, queriam voltar para Vitória. Falou-me muito dos índios selvagens; era naquela região um assunto inesgotável de conversação e nunca se iniciava sem mostrar contra esses desgraçados um ódio que chegava até ao delírio. Um pedestre que ali se achava não se cansava de testemunhar sua admiração pelo oficial que conservava em casa um filho de Gentio e jurava que, em lugar do tenente Bom Jardim, estrangularia a criança. Tentei em vão fazer estas bravias criaturas compreender que tais sentimentos não estavam perfeitamente de acordo com a religião que pretendiam professar. A seus olhos, os gentios não pertenciam à espécie humana; eram animais ferozes.[7]

Ao anoitecer apareceu, afinal, uma pequena canoa de índios e apressei-me em tomá-la. Mas todos os homens que estavam comigo na venda quiseram aproveitar o mesmo ensejo. O barco ficou muito carregado; começou a ventar e foi com grande prazer, confesso, que cheguei à Vila da Vitória.

Antes de regressar ao Rio de Janeiro, quis ver Vila Velha e o famoso mosteiro de Nossa Senhora da Penha, na entrada da Baía do Espírito Santo, do lado sul.

O Capitão-mor Pinto, que me cumulava de todas as gentilezas possíveis, ofereceu-se para meu guia. Embarcamos em uma piroga e, indo primeiro ao Sítio de Santinhos, onde alguns afazeres me chamavam, tivemos o prazer de contemplar a vista magnífica que eu havia admirado ao chegar à Vila da Vitória e que já descrevi. Pouco depois, tomamos nossa canoa e nos dirigimos para a entrada da baía; após haver contornado as montanhas que a circundam do lado sul, chegamos a um ancoradouro dominado pela montanha da Penha e no fundo do qual se situa a cativante Aldeia de Vila Velha, onde desembarcamos.

Como já disse, Vila Velha foi o primeiro estabelecimento que os portugueses fundaram na província e se chamou primitivamente Vila do Espírito Santo.

Os ataques dos selvagens, originariamente muito repetidos, forçaram em breve os europeus a se retirarem para a Ilha de Duarte Lemos. Mas, outras razões contribuíram ainda para impedir que a Vila do Espírito

[7] Na época de minha viagem, os colonos da parte de Minas Gerais vizinha ao Rio Doce, mostravam tanto ódio aos Botocudos como os habitantes do Espírito Santo e não praticavam barbaridades menores em suas vinganças.

Santo, ou Vila Velha, adquirisse alguma importância: as águas são ali de má qualidade; o ancoradouro, à beira do qual a vila foi construída, é raso e as embarcações não podem navegar nele; por último, as terras da vizinhança são arenosas por demais para ser cultivadas. Vila Velha se manteve como sede de uma paróquia e de um termo administrado por 2 juízes ordinários e um senado municipal (câmara). Contudo, esta pretensa vila é apenas um aldeamento formado quase exclusivamente de cabanas semi-arruinadas. Embora, vizinhas das montanhas, essas cabanas são construídas num terreno plano e chegam só a cerca de quarenta.[8] As menos danificadas se alongavam, mais ou menos juntas, até o mar e o lado oposto a este é tomado pela igreja.

Não podendo utilizar suas terras, os habitantes de Vila Velha vivem apenas da pesca; são muito pobres e seu número diminui dia a dia. A paróquia de Vila Velha, disse Pizarro, se prolonga para o norte, numa extensão de três léguas, até a da Vila da Vitória; para o oeste, tem menos de $^{1}/4$ de légua; a leste mais de 5 léguas, ao sul quatro e, nesta extensão de território, tem apenas 700 a 800 adultos.[9]

A pouca distância de Vila Velha, do lado leste, acha-se a montanha da Penha, que termina por um rochedo enorme sobre o qual se construíram o convento e a igreja consagrados à Virgem, sob o nome de Nossa Senhora da Penha. Vista dos arredores, esta montanha apresenta pitoresco aspecto.

O rochedo nu, o mosteiro e a igreja que a encimam parecem, de longe, uma fortaleza e contrastam com as espessas matas que cobrem os flancos da montanha.

Para chegar à igreja, passa-se primeiro por um arco e galga-se depois um caminho ladeado por dois muros, calçado com pedras grandes e chatas e sombreado por copadas árvores. Na extremidade deste caminho, exatamente embaixo do rochedo, encontra-se uma plataforma sobre a qual se ergueu uma construção estreita, baixa e comprida, dividida em pequenos aposentos destinados aos peregrinos que a devoção atrai para a montanha. Desta plataforma se sobe uma escada estreita cortada no rochedo e, alcançando o convento, descortina-se uma vista de imensa extensão. Veem-se o mar, a parte oriental da baía com suas ilhas, e do lado do sul e do sudoeste, em frente ao Morro da Penha, o Monte Moreno, que ao sul da baía forma a ponta mais avançada para o Oceano; entre estas duas mon-

[8] Números tomados a Pizarro.

[9] Pizarro — *Mem. Hist.*, II, 8.

tanhas se acha a foz do Ribeirão da Costa, cujas águas, após serpearem por terrenos baixos e arenosos, vizinhos do mar, vão entulhar a baía com as areias que carregam.

Depois de me haver extasiado com a vista, da qual tentei dar ligeiro esboço, fui visitar a capela e o Convento da Penha. A fundação deste edifício remonta a uma época muito anterior. Cerca de 1553, um frade espanhol, chamado Pedro Palácios, passou pelo Brasil, procurando encaminhar os selvagens para o cristianismo. Este homem isolou-se na montanha da Penha, que já então era coroada por duas palmeiras de grandeza notável e construiu sua choupana a meia encosta do morro. Crendo, entretanto, ter-lhe o Céu indicado por sinais sobrenaturais que devia ser erguido um edifício em honra à Virgem no alto do rochedo, não tardou em construir ali uma capela, onde colocou uma imagem à qual uma lenda atribuía origem miraculosa.

Pedro Palácios morreu muito venerado em toda a região. Depois dele, um homem piedoso se encarregou de cuidar da capela, mas em 1591 as municipalidades reunidas de Vila da Vitória e Vila do Espírito Santo deram-na aos Franciscanos.[10] Em 1637 a igreja foi muito aumentada, anexando-se a ela um convento capaz de receber 12 a 13 religiosos. Nessa época, o Governador do Rio de Janeiro, Salvador Correia de Sá e Benevides, tinha-se posto em campo para descobrir minas de esmeraldas e outras pedras preciosas; passando pela Província do Espírito Santo, contribuiu muito para as despesas da construção do Convento da Penha e adjudicou a este mosteiro um tributo anual de 25 cabeças de gado procedentes de suas terras em Goitacás.[11] A capela do Convento da Penha é bem pequena, mas muito bonita e bem ornamentada; não pude percorrer detidamente o convento; o que vi, entretanto, me pareceu bastante notável. Os religiosos que nele residem são mandados do Rio de Janeiro por seus superiores; quando de minha viagem, eram apenas dez. Entretanto, a Virgem da Penha continua a gozar de grande fama e, de muito longe, principalmente de Campos, lhe enviam oferendas por vezes consideráveis.

Pouco antes da festa da padroeira, os frades fazem peditórios nas imediações; no dia da festa, inúmeros peregrinos sobem a montanha e os

---

10 Vê-se que não é, absolutamente, como se supunha, aos beneditinos do Rio de Janeiro que pertence o Convento da Penha. Concordo neste ponto com Cazal e Pizarro.

11 Pizarro — *Mem. Hist.*, II.

religiosos lhes oferecem uma refeição, custeada pelas esmolas recebidas. Junto ao convento há uma grande sala destinada a esse banquete público.

Depois de haver visitado Nossa Senhora da Penha, o capitão-mor e eu fomos a um pequeno forte construído na base da montanha em terreno plano, quase ao nível do mar. Esta fortaleza destina-se a defender a entrada da baía, mas penso que desempenharia mal este objetivo.

Um destacamento da companhia de linha, comandado por um tenente, compõe a guarnição do forte. Os comandantes dos barcos que entram e saem são obrigados a mostrar seus papéis ao governador militar.

Existindo apenas um caminho para ir de Vitória ao Rio de Janeiro – aquele pelo qual eu já tinha vindo e que não chega a ser realmente caminho, resolvi retornar por mar à capital do Brasil e enviar por terra minha caravana, com Prégent e Manuel da Costa.

Uma sumaca estava prestes a abrir velas para o Rio de Janeiro. O Governador teve a bondade de remover as dificuldades que se apresentaram e combinei com o patrão da barca que ele levaria como passageiros a mim e ao Firmiano, e mais 4 caixas, pela quantia de 20 mil-réis (125 fr.). O mau tempo retardou, infelizmente, minha partida, obrigando-me assim a prolongar minha estada na casa do Capitão-mor, cuja benevolência nem um só instante se desmentiu. Por fim, o tempo melhorou. No momento em que íamos deixar o porto, soube, que o barco estava em más condições, mas já havia tomado minha passagem e resolvi seguir. A embarcação estava muito carregada; eu tinha apenas um lugar para me mexer e, para dormir, era obrigado a me deitar curvado entre amarrados de tamanhos desiguais, no camarote do patrão, onde havia mau cheiro bastante desagradável. Terrível enjoo tornou inúteis as provisões que me dera o capitão-mor; não foram elas, no entanto, totalmente perdidas. Na altura de Cabo Frio, fomos colhidos por uma tempestade que durou a noite inteira. Tremendo e desesperado, o proprietário do barco fazia promessas a Nossa Senhora da Penha e a todos os santos do Paraíso. O patrão, ocupado com suas manobras, nem parecia ouvi-lo; quanto a mim, refugiei-me numa espécie de buraco que me haviam dado por compartimento e tive a felicidade de adormecer ali.

Disse-me depois, o capitão que, em face do mau estado da embarcação, havíamos corrido sérios perigos. Este homem era de profunda ignorância; mas fizera 22 vezes a viagem de Vitória ao Rio de Janeiro e o longo hábito desta navegação lhe dava saber; ao fim de 4 dias ancorávamos na Baía do Rio de Janeiro.

# ÍNDICE ONOMÁSTICO E TOPONÍMICO*



* Os topônimos e nomes de instituições aparecem grifados.

Este livro foi composto com a tipografia Times New Roman
e impresso pela Meta Brasil.